바람의 노래

바람의 노래
– 인간의 우주

초판 1쇄 발행 · 2021년 4월 28일
초판 2쇄 발행 · 2021년 5월 10일

지은이 | 성중기
펴낸이 | 서영애
펴낸곳 | 대양미디어

04559 서울시 중구 퇴계로45길 22-6(일호빌딩) 602호
전화 | (02)2276-0078
팩스 | (02)2267-7888

ISBN 979-11-6072-076-1 03810
값 13,000원

* 지은이와 협의에 의해 인지는 생략합니다.
* 잘못된 책은 교환해 드립니다.

바람의 노래

성중기 지음

인간의 우주

대양미디어

'생활 정치인'의 참모습을 보여주는 사람

전영우(방송언론인)

사람들은 태어나 아름다운 것, 선한 것, 그리고 참된 것을 추구합니다. 아름다운 것이 기쁨을 준다면, 선한 것은 정겨움을 주고, 참된 것은 본성을 일깨워 줍니다. 성중기 님의 글에는 읽는 이의 마음을 촉촉이 적셔주는 향그러움이 가득합니다.

시간적 여유를 가지고 처음부터 끝까지 차분히 읽어 보았습니다. 두세 편을 읽으니 어느새 등불을 밝히고 앞장선 그의 삶이 저를 이끌어 간다는 느낌이 들만큼 빠져들게 했습니다.

고향 고성의 어릴적 추억담을 비롯하여 젊은 날의 열정과 가정과 일터에서의 소소한 일상들, 그리고 서울시 의원으로 살아가는 평소 그의 삶이 진솔하게 담겨 있었습니다.

　담백하고 서정적인 문장이 어떻게 보면 산문시 같고, 또 어떻게 보면 한국화를 감상하는 느낌이 듭니다. 평소 그의 일상을 담담히 적은 글들이지만 여러 가지 색깔의 수실로 한 땀 한 땀 정성 들여 수놓은 글들이 만산 만추의 형형색색과 닮았습니다.

　아마 독자 여러분도 저와 같은 느낌을 공감할 것이며 글쓴이의 순수한 정감에 저절로 미소지을 것입니다. 말이 그 사람이듯 말을 기록한 글 또한 그 사람이라서 이 책을 통해 우리는 성실하고 근면한 필자 성중기 님의 고성 당항포 바다 같은 넓은 품과 남도의 따사로운 인간미에 가까이 다가갈 수 있을 것입니다.

　늘 밝고 겸손하며 건강한 성중기 님의 인상이 가감 없이 문장을 통해 망막에 새겨집니다.

　목소리가 청아하여 노래가 좋은 것이 아니고, 글재주가 있다 하여 문장이 좋은 것은 아닙니다. 그 안에 담겨진 진실하고 진정한 고백 중에 드러나는 인품이 글 내용과 형식을 넘어 그윽하고 편안하게 우리 곁에 다가옵니다.

　저는 그를 도산공원의 아침 운동 시간에 자주 만납니다. 유쾌하게 인사하고 상쾌하게 다가서는 그의 발걸음과 친근감에 반하게 됩니다. 운동을 마치고 근처 식당에서 국밥 한 그릇을 말아먹을 때 소박한 표현과 정겨운 웃음은 그를 생활 정치인으로 더욱 가깝게 다가서게 합니다.

그는 이웃이 던지는 견해와 소소한 건의와 민원에도 늘 진정성 있게 귀를 열고 대답해줍니다.

그런 온화함과 따뜻함이야말로 정치인의 기본 자질이 아닌가 하며 손뼉치게 됩니다.

그는 생활정치에 뜻을 두고 뚜벅뚜벅 걷는 중입니다. 착실하고 신중하게 행보를 옮기고 있음을 이 글에서 더욱 깊이 느끼게 됩니다. 그의 생각은 어질고 글은 지혜를 담고 있습니다. 그의 진솔한 삶을 많은 이들이 선사받고 공유하면 참 좋겠다는 생각이 듭니다.

필자 성중기 님의 앞날에 신의 가호가 있기를 기원하며 추천의 글에 갈음합니다.

2021년 3월

생활 정치인의 열정과 삶의 여정

안대희(전 대법관, 변호사)

성중기 의원과 인연을 맺은지 여러 해 흘렀지만 한결같은 열정으로 모든 일에 최선을 다하는 모습이 지역의 참 일꾼이라는 생각이 듭니다.

모든 일에 시작과 끝을 분명히 한다는 그의 의정철학이야말로 시민이 원하는 생활정치인이 아닌가 생각합니다.

또 그는 남다른 음악적 재능을 살려 주민들과 소통의 통로로 다가가는 모습 또한 남다른 의정활동이라 생각합니다.

지난 총선에서는 탈북민 태영호 공사가 강남갑에 출마했을 때 그는, 본인의 선거보다 더 열정으로 뛰었습니다. 압도적인 당선의 중심에 그가 있었다는 소문이 지역구는 물론 많은 사람들로부터 전해 들으면서, 진정한 남과 북이 화합으로 하나 되는 선거의 결과였다 생각합니다.

이제 대한민국 보수의 진정한 바람을 강남에서 불러 일으켜 태영호 국회의원과 함께 통일의 바람을 강남에서 출발할 수 있을 것으로 기대합니다. 그의 정치 행보에 축원과 응원을 보냅니다.

세상의 리더나 지도자는 물과 같아야 합니다. 물길처럼 낮은 곳으로 흘러가되 솟구치거나 넘치지 말아야 합니다. 그렇게 흘러가야 이름 모를 들꽃을 길러 꽃피우고 수많은 생명들이 사는 세상을 푸르게 합니다.

성중기 시의원을 키운 경남 고성의 하늘과 땅, 그리고 바다도 늘 그에게 노래를 부르라고 합니다. 그가 이웃을 사랑으로 보듬고 더 나아가 우리나라 정치의 통합과 민족의 통일의 꿈을 끊임없이 이을 노래를 부르도록 재촉합니다.

평생을 성실한 땀으로 채우고 뜨거운 열정으로 서울시민을 섬기고자 애쓰는 성중기 의원의 철학이 세상 사람들의 가슴을 어루만지는 낮은 자세의 따뜻함으로 많은 사랑 받으시길 축복합니다.

2021년 3월

Contents

작사 노트

에세이

바닷가 소년

노래 부르기를 즐겨하고 좋아했던 기억을 거슬러 올라가면 국민(초등)학교 시절로 돌아간다. 유년 시절 초등학교에서 선생님들이 쳐 주시던 풍금 소리에 맞춰 부르던 동요가 좋았다. 노래가 좋으니 2절, 3절까지 가사를 금방 외웠고 식구들이 일하던 논밭은 내 노래 연습실이 되었다.

초등학교에서 배운 동요 대부분은 가난하고 어린 우리네 가슴에 따뜻한 서정을 가득 담아 주었다. 그중에서도 즐겨 부르던 노래는 한인현 작사, 이흥렬 작곡의 '섬집아기'였다. 우리 집은 바다에 인접해 있었고 선착장에는 언제든지 물질을 하러 떠날 배들이 묶여 있었다. 어머니는 갯가에 나가 굴도 따셨고 바지락도 캐고 파래도 걷어 갯내음 물씬한 반찬을 해 주셨다. 엄마가 갯가로 나가면 나는 긴 시간 배고픔과 심심함을 달래며 '섬집아기'를 흥얼거렸다. 노랫말 속 '섬집아기'가 어린 날 내 모습으로 오버랩되면서 나도 모르게 눈물 한줄기가 볼을 타고 흘러내리곤 했다.

가을걷이 무렵에는 온 동네 사람들이 바빴다. 어린아이들도 논밭으로 나가서 자신에게 맞는 노동을 골라 일손을 도왔다. 우리 집은 동네에서도 논과 밭이 제법 많았다. 벼를 베거나 타작하던 날은 그날 해야할 일의 마무리를 위해 늦게까지 들판에 남아있었다. 땅거미가 내리고 산그늘이 짙어지면 아이들은 동요를 부르며 지겨움을 달랬다. 밤이 되어도 일이 끝나지 않으면 배고픔을 참고 바삐 움직였다. 하늘엔 별이 총총 밝았다. 그 밤 나는 형제들과 함께 노래를 불렀다. '돛대도 아니 달고, 삿대도 없이, 가기도 잘도 간다. 서쪽 나라로……' '날 저무는 하늘에 별이 삼 형제, 반짝반짝 정답게 지내이더니, 웬일인지 별 하나 보이질 않고, 남은 별만 둘이서 눈물 흘리네.'

논이나 밭에서 부르던 내 노래는 점점 음정과 박자가 정확해졌다. 남들 앞에서 노래를 부르는 일에 자신감도 생겼다. 부모님은 칭찬을 아끼지 않았는데 특히, 세 살 위의 학기 형은 내 음악 세계를 관장(管掌)하는 총감독 같았다. 학기 형은 피리와 하모니카를 준비해 왔다. 우리는 함께 연주하고 듀엣으로 화음을 넣으며 노랠 불렀다. 그때 불렀던 노래들은 아직도 내 가슴에 짙은 그리움으로 남아있다.

우리 마을에는 신명이 유별난 몇몇 아주머니들이 사셨다. 품앗이로 우리 집에 일하러 올 때면 나를 불렀다. "네가 해야 할 일을 우리가 해줄 테니 너는 노래를 불러다오." 나는 아주머니들의 부름에 힘입어 내가 알고 있는 모든 노래를 쉬지 않고 불렀다. "노래 들으니 시름도 사라지고 시간도 잘 가네. 네가 어른이 되면 가수가 되어 계속 노래를 들려다오." 내 노래에 장단을 맞췄고 손뼉으로 화답도 해 주신 그분들은 모두 돌아가셨다.

어린 시절부터 노래를 좋아한 나는 성인이 되어서도 음악을 가까이했다. 그런 내가 좋아한 음악의 장르는 동요와 가곡 등 순수 예술 음악이었고, 늘 차에 테이프와 CD를 싣고 다니며 들었다. 우리나라 가곡은 물론 이태리가곡, 아리아, 미국의 흑인영가까지도 좋아하게 되었다. 그랬던 내가 교회의 성가대원으로 활동한 것은 당연한 일이었다.

나는 세상일이 음악과 비슷하다는 생각이다. 사람들의 취향과 목소리와 느낌이 제각각 다르므로 음정과 박자가 다를 수밖에 없는 것이다. 그 '다름'은 너와 내가 '다를 뿐'인데 틀린 것으로 배척과 외면을 당하기 일쑤다. 나는 가능하면 조화를 이루는 방법을 모색해 보자고 제의한다. '나는 바리톤으로 화음을 맞춰 드릴 테니, 당신께서는 테너로 불러 주십사'라고.

음악사랑은 이제 내 삶의 일부가 되었다. 전혀 다른 분야의 일을 하면서도 노래를 불렀다. 몇 년 전부터 '내가 경험하고 느낀 것들을 노래로 만들어 내가 직접 부른다면 어떨까?'라는 욕심이 생겼다. 작곡까지 나아가지는 못했지만, 틈틈이 작사한 내용을 여기 남기는 이유다. 내 어린 날 고향에서 느낀 서정과 향수를 가사로 만들어 보았다. 경험이 녹아있는 내 이야기였기에 더욱 애틋하고 절실한 감정으로 노래할 수 있었다. 아직은 부족한 걸음이지만 먼 훗날 내가 만든 노래가 국민이 애창하고 사랑해 주는 노래가 되면 좋겠다. 고향과 어린 날의 추억을 그리워하는 사람들의 가슴에 촉촉이 젖어 드는, 빗물 같은 노래가 된다면 참 좋겠다.

소몰이, 나의 미션

벼농사에서 무논을 만드는 일은 중요한 첫 번째 과업이다. 변변한 저수지 하나 없이 오직 천수답에 의지해야 하는 우리 동네 농부들은 5월 내내 비를 기다렸다. 보리를 베어낸 논에 비가 와야 물이 갇히고, 그 물을 이용하여 논을 갈고 물 대기를 할 수 있었다. 마침 비가 내렸고 마을 사람들 전체가 나서서 무논을 만들어야 했기에, 쟁기질을 잘하는 소가 필요했다. 우리 소는 만삭이라 새끼를 낳기 직전이었고 마을의 소들은 모두 각자의 논일에 투입되었기에 부모님은 걱정이셨다.

아버지는 동해면 최고의 일소를 가진 우두포의 친구에게 기별을 넣었다. 수소가 힘도 좋고 일을 잘할 것 같지만 사실은 이와 다르다. 수소는 성질이 급하고 욱하는 성질이 있어서 알맞은 속도로 걸어야 하는 쟁기질에 맞지 않는다. 무거운 쟁기를 끌고 물과 흙이 섞여서 질척대는 논을 갈아엎어야 하는 써레질은 힘이 두 배로 든다. 이 일은 노련하고 경험이 많은 어미 소들에게 의지해야 했다.

아버지는 오전에 써레질을 마치고, 오후에는 면사무소의 회의에 참석이 예정되어 있었다.

"중기야, 우두포 사는 내 친구 집 알제?"

"예!"

"네가 소를 주인에게 돌려주고 와야겠다. 할 수 있겠냐?"

"예!"

형과 어머니를 제치고 내가 왜 소몰이로 뽑혔는지 몰랐지만, 준비를 했다. 먼저 소에게 제대로 된 여물을 먹이는 일이었다.

소는 지칠 대로 지쳐서 눈을 감은 채 콧김을 내뿜고 있었다. 그럴 때는 쉽게 흡입할 수 있는 영양가 높은 음식물이 필요하다. 벼를 마지막 찧을 때의 미강(米糠)과 쭉정이 콩과 보리쌀 씻은 뜨물을 자작하게 붓고 소죽을 끓였다. 힘을 다 뽑아 쓰고 쓰러지듯 누운 소는 고소한 냄새에 코를 킁킁대며 여물을 먹기 시작했다. 어머니는 연신 소의 목덜미를 쓰다듬으며 "욕봤다, 욕봤다, 마이 묵고 얼른 힘을 내야지." "우짜꼬, 우짜꼬, 니가 일 많은 집에 태어나서 애쓴다." 이런 말씀을 소에게 들려주었다. 마치 당신 자신에게 말씀하시듯. 나는 그 말을 옆에서 들으며 숨을 들이마셨다.

'우리 부모님을 편하게 모실 거야. 그러려면 내가 능력을 길러 돈을 벌어야지.'

나는 방법도 몰랐지만 고생하시는 부모님을 편하게 해 드리겠다는 각오만 다졌을 뿐이다.

소죽을 다 먹은 소에게 나머지 뜨물을 넉넉히 마시게 한 뒤에 채비를 마쳤다. 우두포까지는 우리 동네의 큰 산을 넘고 공동묘지를 지나고 자갈밭을 이십 리나 걸어야 하는 먼 길이었다. 아버지와 함께 출발하여 공동묘지에서 내가 고삐를 넘겨받았다. 아버지는 오른쪽 면사무소 길로, 나는 바다가 접한 왼쪽 길로 가면 될 터였다.

오월, 온 산천은 초록으로 넘실댔다. 미처 베어내지 못한 보리의 누런 대궁이 접혀 들고 있었다.

소는 영리한 동물이다. 주인의 호령과 부름에는 복종의 자세를 취하지만 다른 사람이나 아이들에게는 성질을 부리곤 했다. 나는 소에게 지지 않으려 고삐를 바짝 잡았다. 소가 다른 쪽으로 눈길을 돌리면 코뚜레를 확 당겨 기 싸움에서 이겨야 했다. 소도 속으로 복종해야 할 사람과 얕잡아볼 사람을 구별하는 눈을 가졌으므로 기선 제압이 무엇보다도 중요한 일이었다.

삼거리에서 아버지와 헤어진 나는 부지런히 길을 걸었다. 덕곡마을의 대장간에서는 달군 쇠를 두드리는 망치 소리가 일정한 리듬으로 터져 나오고, 이웃한 잡화상에는 동네 아주머니 몇 분이 물건을 사고 계셨다. 가로수 미루나무는 긴 머리카락 같은 가지를 늘어뜨리고 이따금 먼지를 날리며 오토바이가 달려갔다. 낡은 자전거를 타고 우체부가 지나가고, 잰걸음으로 내 곁을 스쳐 저만치 앞서 걸어가는 청년의 목덜미에는 빨간 스카프가 흔들렸다.

나는 더욱 단단히 고삐를 바투 쥐었다. 혹시라도 소가 엉뚱한 곳으로 달아나기라도 하면 큰일이다. 당그래 마을을 지나 하부천과 매정을 지났다. 이제 산마루 두 개를 넘으면 우두포에 도착할 터였다.

첫 번째 산마루에 올라 거친 호흡도 가다듬고 소에게도 풀을 조금 먹일 참이었다. 새순을 막 틔운 삐비와 억새를 찾아 언덕으로 소를 데려갔다.

갑자기 '붕붕~~' 하는 소리와 함께 소가 갑자기 날뛰기 시작했다. 풀숲 근처에 막 모여 있던 땅벌 집을 건드린 것이었다. 공격을 당한 줄 안 땅벌이 갑자기 소와 나에게 달려들었다. 순식간에 벌어진 일이었기에 나는 소의 고삐를 놓고 황급히 언덕에 엎드리며 수건으로 머리를 감쌌다. 잠시 뒤 땅벌들의 날갯짓이 잦아들자마자 제일 먼저 소를 찾았다. 그런데 소가 보이지 않았다. 땅벌의 공격을 피해서 어딘가로 달아난 모양이었다.

나는 와락 겁이 났다. 어린 내가 아는 상식에도 일소 한 마리는 논 한 마지기와 맞먹는 거금의 재산이었다. 가난한 농촌 살림에서 목돈을 쥐거나, 재산을 불릴 수 있는 유일한 기회가 소를 키워서 장에 내다 파는 방법이었다.

땅의 소작을 부치듯이 넉넉한 집안의 송아지 한 마리를 빌려와서 어미 소가 될 때까지 먹인 뒤에, 그 소가 새끼를 낳으면 어미 소는 주인에게 되돌려주고 그 송아지를 다시 키워 종자 소가 되는 방법으로 재산을 불리던 시절이었다. 그렇게 키운 어미 소는 자식들이 도회로 공부하러 떠날 때 요긴하게 쓰였다. 소를 팔아 대학을 보냈다 하여 생겨난 말이 '우골탑'이다.

나는 소를 찾아 헤맸다. 소를 잃으면 물어줘야 하는 것은 물론이고,

아버지가 내게 맡기신 책임을 상실하는 일이었다. 6학년인 형에게 맡기지 않고 내게 소를 맡기신 것은 아버지 나름의 당부와 믿음이 있으셨기 때문이다.

울면 안 된다. 눈물로 해결되는 일은 없지. 간절한 마음으로 온 산을 헤맸다. 한 번도 오르지 않은 남의 동네 산이었지만 능선을 향해 비탈을 올랐다. 평소에 소 먹이러 갈 때의 방향을 짚어보니 마을에서 이어진 완만한 능선 길을 통해 소를 먹이러 가곤 했다. 보통의 산들은 북쪽 기슭이 험하거나 낭떠러지인 경우가 많으므로 남쪽으로 길을 잡았다. 태양은 중천에 떠 있었다. 햇무리를 보았던가, 어질 머리를 앓으면서도 나는 소를 찾아 산기슭을 헤매었다. 산딸기 덩굴에 옷이 걸리고 가시에 손이 찔려도 아픈 줄 몰랐다. 그렇게 한참을 헤매던 중 내 기도가 통했는지 산 끝자락에서 숨을 몰아쉬고 있는 소를 발견했다. 어쩌면 소도 길을 잃고 나를 기다렸을지도 모른다.

그렇지만 방심은 금물, 제발 나를 도와달라는 기도의 마음으로 조심스레 다가가서 소의 고삐를 잡았다. 그리고 소의 잔등을 쓸었다. 짐승들도 스킨십을 통해 사람과의 교감을 나누는 법이다. 크고 순한 소의 눈망울에 물기가 어려 있었다. 소도 나처럼, 길을 잃고 소몰이를 잃고 두려움에 떨었던 것일까?

우두포 아저씨 집으로 걸어갔다. 한시가 급했다. 얼른 주인에게 소를 돌려드리고 집으로 돌아가고 싶었다.

"이 어린애가 어떻게 그 먼 길을 걸어왔을꼬? 너희 아버지도 참 대단하시다. 어린 너에게 이런 심부름을 시키다니……."

"……."

"소는 여물과 물을 먹였으니 걱정 말고 좀 씻자. 얼굴이 땀범벅이
구나."

아저씨는 눈물과 땀으로 땟국물이 꼬질꼬질한 내 뺨을 살짝 꼬집으
셨다.

고구마 빼떼기죽 한 그릇을 얻어먹고 집으로 돌아오는 길, 노을은 감
빛으로 쏟아졌다.

소를 잃어버리지 않았다면 1시 차를 타고 방성지 고개까지는 올 수
있었다. 거기는 학교와 가까운 곳이고 날마다 다니는 길이니 일도 아니
었지만, 차를 놓쳤으니 먼 길을 다시 걸어야 했다. 화사하게 꽃등을 켠
복사꽃이 온 산을 물들이고 있었다. 신작로의 미루나무 그림자는 길었
고 돌아오는 길에 돌부리는 넘쳐났지만 나는 한 번도 엎어지지 않고 걸
어왔다.

우리 마을이 보이는 고갯마루에 올라섰다. 동네 우물가에는 보리쌀
을 씻는지 물을 긷는지 바쁘게 움직이는 아주머니들이 보였고, 타작마
당에는 석이와 웅이가 자치기를 하는지 움직임이 겹쳤다. 우리 집 굴뚝
에는 연기가 꼬물꼬물 피어나고 있었다.

거기, 내 아버지와 어머니가 기다리고 계실 터였다. 중요한 미션을
완수한 나를.

열 살짜리, 초등학교 3학년 어린이는 집을 향해 쏜살같이 달려갔다.

"와 이리 늦었노? 억수로 걱정했다 아이가!"

나는 참았던 울음이 터졌다. 어린 나에게 감당하기 어려운 심부름을 시키신 아버지가 원망스럽고 미웠다.

오랜 세월이 흘러 어른이 되어서도 그 일은 어제 일처럼 선연히 내 기억에 남아있다. 내 아버지는 나를 믿으셨던 게다. 어리지만 능히 그 일을 해낼 아이라는 것을 알아주신 게다. 그때 아버지가 내게 주신 믿음과 강인한 정신력의 발로(發露)로 오늘의 내가 있는 것이리라. 아버지의 신뢰가 아들을 어떻게 성장시키는지를 보여주신 모범 답안이 아니었을까?

노래하는 사람

농촌의 어린이들은 어릴 때부터 노동의 현장에서 같이 일하며 어울려 놀았다.

새벽이면 동네 아이들과 소를 몰고 산으로 갔다. 학교 가기 전에 자기 집의 소를 먼 당산에 올려놓고 맘껏 먹이를 뜯어 먹게 조치한 것이다. 길섶 이슬은 신발 가득 쏟아져 미끄러웠고 학교 가기 바쁜 발걸음은 솔가지에 자주 걸렸다.

고삐를 쇠뿔에 잘 걸어서 묶은 뒤 안전한 산등성이, 소들이 한데 모여 풀을 뜯기에 용이한 곳까지 데려놓고 집으로 와서 아침밥을 먹은 뒤 학교까지 가야 했다.

앞산의 고갯마루까지는 가파른 산길이었다. 입에서 단내가 나도록 걷고 또 걸어 고갯마루에 닿으면 내리막길은 한걸음에 달렸다. 대천 마을에서 학교까지 가는 길에 공동묘지가 있었다. 아이들은 같이 모여서 무서움을 쫓으며 그곳을 지나갔다.

비가 부슬부슬 내리는 날, 공동묘지를 지날 때는 등에 식은땀이 흘러 내리곤 했다. 나름대로 담력 있고 귀신이 나타나면 단숨에 목을 조를 자신이 있다고 큰소리치곤 했지만, 공동묘지를 지날 때면 아슬아슬했다. 귀신이 귀신같이 내 무서움증을 알아채고 목덜미를 낚아챌 것 같았다. 그럴 때 나는 학교에서 배운 노래를 메들리로 엮어 불렀다. 공동묘지의 귀신들은 노랫소리에 조용히 잠든다는 소문이 귀에서 맴돌았다.

나는 노래하며 공동묘지를 지났고 노래하며 노동의 저녁을 보냈다. 노래는 내 일상의 단초 같았다. 특별한 사건도, 특이한 일도 일어나지 않는 조용한 농촌의 나날에서 노래하는 기쁨은 헹커치프(handkerchief) 처럼 내 가슴에 꽂혔다. 단조로운 일상의 식탁에 놓이는 뚝배기 속의 고명같이 내 운명에 멋과 색깔을 주었다.

'노래하는 시의원', 지금 내 이름 앞에 붙는 수식어이다.

2014년 시의원으로 당선되고 동료들과 식사 자리에서 내가 노래를 좀 부른다는 것이 알려지게 되었다. 그해 마지막 본회의의 식전 공연에서 의원대표로 노래를 부르게 되면서 내 이름자 앞에는 '노래하는'이 붙게 된 것이다. 성악을 전공한 것도 아니고 음악 수업을 따로 받은 것도 아니었지만 응원과 격려를 넘치게 받았다. 음악에 대한 끼와 열정을 알아봐 주는 분들이 생긴 것이다. 그때부터 본격적으로 노래하게 되었다. 노래는 남녀노소, 진영을 가리지 않고 함께 부를 수 있는 테마가 아닐까 싶다. 서로의 처지나 이념은 따지지 말고 노래하는 순간은 모두가 한마음이 되어 오롯이 노랫말 속으로 빠져들게 되지 않을까?

나는 노래할 때가 행복하다. 살아오는 동안 기쁨도 즐거움도 행복한 순간도 많았지만 노래하는 순간이 가장 신났다는 고백을 한다.

노래는 모든 시름을 잊게 한다. 노래하고 있으면 내 몸은 출렁이듯 리듬을 탄다. 감정은 물결 위에 내리는 윤슬처럼 반짝이고 촉촉해진다. 세상의 모든 음률은 저마다의 색채로 건반을 탄다. 내 감성은 향기로 가득 차고 나비의 날갯짓처럼 가볍게 허공을 난다.

나는 지금까지 세 개의 음반을 냈다. 실력이 월등해서가 아니라 노래에 대한 애정과 관심이 용기를 주었다. 우연히 만난, KBS 교향악단 수석 지휘자셨던 이영환 님이 내 음악 발전에 대한 방향을 짚어주셨다. 내 속에 담긴 열정과 끼를 발견하여 음반 작업을 적극 추천해 주신 것이다. 타악기 연주단체인 '카로스 앙상블'에 속해 종종 음악회에 참여하게 되었다. 혼자서 노래 부를 때와는 달리, 전문가들과 어울려 노래할 때의 부담을 극복하고 내 안에 잠재된 능력을 발휘하는 것이 남은 숙제다. 지역구민들과 만날 때면 음반 CD를 전해 드린다. 나를 이해하고 내 철학을 알아주시면 좋겠다는 희망으로 내 노래를 드리는 것이다.

앞으로 더 자주, 더 많이 노래하고 싶다. 노래를 잘 부르고 싶은 맘에 선생님을 모시고 본격적으로 사사한 지 몇 년이 흘렀다. 수십 년을 노래한 성악가에 비하면 아마추어급이라 하겠지만, 나는 겸손히 노래할 것이다.

영동시장에서 장보기를 함께할 때 주민들과 순댓국집에 도란도란

앉는다. 누군가가 나에게 노래를 불러 달라 청하기도 한다. 그럴 때 나는 흔쾌히 제안에 응한다. 순댓국을 앞에 놓고 오페라 아리아를 부른다. 3~4분의 짧은 시간이지만 노래로 교감하고 소통할 때 마음이 뿌듯하다.

지역주민들과 산행을 할 때도 있다. 땀을 뻘뻘 흘리며 정상에 올라 산 아래를 내려다본다. 누군가가 또 노래를 불러 달라고 청한다. 이태리 가곡 꼬렌그라또의 고음이 메아리 되어 온 산에 울려 퍼질 때 나는 행복하다. 땀방울이 송송한 이마를 쓸며 마주하고 부르는 노래야말로 진정한 소통이 아닐까.

정치도 노래 부르듯이 할 수는 없을까를 끊임없이 고민한다.

노래처럼 귀에 감기는 정치, 노래 부르듯이 마음에 따뜻함이 얹히는 정치, 노래하듯이 시민께 가까이 다가가는 정치를 하고 싶다.

음악은 나의 영원한 동반(同伴)이니.

모교, 동해초등학교

　내가 다닌 동해초등학교는 1931년에 설립되었다. 그 시기에 우리나라 어느 곳이든 일본인이 살고 있었고 내 모교도 일본인의 영향을 받은 곳이었다. 교정에 나란히 심어진 벚꽃도 그중의 하나였는데 60년대 후반, 내가 입학할 즈음엔 제법 아름드리로 자라 있었다.

　우리는 벚나무 밑에서 사계절의 변화를 읽었다. 봄이면 일제히 꽃을 피웠고, 여름이면 시원한 그늘을 만들어 동네 사람들이 부채를 들고 운동장 아래 모였다. 새끼를 꼬아 만든 멍석에 누워 보던 밤하늘의 별들은 아득하고 멀었다. 별똥별이 떨어지는 곳을 향해 뛰어가다가 탱자 울타리에 걸려 넘어져도 아픈 줄 몰랐다. 가을이면 동글동글한 열매가 맺히기도 했는데 아이들은 입이 아리도록 그 열매를 주워 먹었다.

　매주 월요일이면 전교생이 운동장에 모여 애국 조회를 했다. '우리는 민족중흥의 역사적 사명을 띠고……'로 시작되는 국민교육헌장을 외워야 했다.

고학년을 대상으로 하는 고전 읽기란 행사가 있었다. 공부를 좀 한다는 친구들이 학년 대표가 되어 책을 읽고 문제를 푸는, 지금 같으면 독서 골든벨 형태의 책 읽기 행사였다. 동서고금을 막론하고, 고대부터 현대에 이르기까지 독서는 전 인류에게 필요한 교양이며 지적 수양의 통로가 아닐까? 우리에게 주어진 도서는 『홍길동전』, 『흥부전』, 『별주부전』, 『신곡』, 『헤르만 헤세』, 『그리스로마신화』 등이었다. 중학생이 될 때까지 고향을 떠나본 적 없던 아이들이 대부분인 시골에서 단테의 신곡과 그리스로마신화 속의 내용은 생경했다. 신들의 이름을 외우느라 혀를 꼬면서 단순한 세 음절의 이름이 아닌 긴 이름이 존재한다는 사실을 처음 알았으니 말이다.

생각해 보면, 우리는 극히 자기가 경험한 것 위주의 판단을 내리는 우를 범하기 일쑤다. 경험치에 의존한 지나친 확신이 때로는 자만심으로 이르는 과오를 겪기도 하니, 인생이란 얼마나 아이러니한 길인가.

고전 읽기를 하는 중간 중간에 문학적 감성이 풍부하셨던 담임선생님은 시를 쓰거나 편지를 쓰라고 이르셨다. 학교를 오가며 보고 느끼는 모든 것이 글감이 될 수 있다 하시며, 글은 마음을 표현하는 또 다른 세계라는 것을 알려 주신 것이다. 아직 도회의 생활을 배울 기회는 부족했지만, 농촌의 서정과 낭만을 익히고 내 속에 새겼다. 비록 학교에서 배운 학습과 읽은 책을 통한 간접 경험이었지만 세상을 향한 호기심은 크고도 넓었다.

도회의 생활은 그 뒤에 얼마든지 몸으로 익힐 기회가 있었으니 어린 시절, 내가 직접 겪으며 몸에 새겨진 기억은 얼마나 오래, 얼마나 깊은 각인으로 남았는지 돌이켜보면 아련하다. 유년의 추억이 모래알로 남은 모교, 오늘도 공평한 볕살은 운동장에 내려 쌓이겠지.

노인정의 정겨운 밥상

11시 30분, 내 별명 중의 하나다.

오전에 특별한 약속 없이 지역구에 있으면 자주 노인정을 방문했다. 거기 가면 예전의 내 할머니 같은, 내 어머니 같은 분들이 나를 반겨 주신다.

"이 사람아, 밥은 자셨는가? 같이 한술 뜨시게."

"사람은 뭐니 뭐니 해도 배가 든든해야 일을 할 수 있는 걸세."

"끼니때가 되면 언제든지 오시게. 그것이 우리네 인심 아니던가!"

이런 말씀으로 반겨주시는 어르신들을 만나면 내 속에 있던 인정이, 그리움이 솟구치는 것을 느낀다. 국밥이나 시래깃국 한 그릇을 가득 퍼 주시는 주름진 손등은 내 어머니의 손길이다. 밥숟갈 위에 얹어주시는 깍두기는 내 어머니의 손맛이다.

나에게 11시 30분은 경로당 어디든지 들어가서 점심을 함께 먹을 수 있는 시간이다. 오늘은 여기, 내일은 저기, 갈 데가 많아서 좋다. 그

곳에는 내 어머니 닮은 분들이 나를 기다리고 계신다. 한 번은 특식으로 꼬리곰탕을 끓였으니 먹으러 오라는 연락을 받았다. 마침 그때 나는 광화문에 있었고 지역구까지 갈 수 있는 상황이 아니었다. 내 몫의 꼬리곰탕을 따로 냉동시켜 두셨다가 다음에 갔을 때 녹여서 끓여주시던 모습에서 어머니의 맘을 느꼈다. 그날 먹은 곰탕이 유난히 고소하고 맛있었던 것은 그 속에 인정과 고마움과 따뜻한 사랑이 담겨있었기 때문이었음을 말해 무엇 하랴.

'밥의 힘!' 그렇다. 밥은 정이고 따뜻함이고 힘이다. 나눔이고 함께이고 사랑이다.

밥 한 끼를 같이 먹으면서 우리는 서로의 표정을 읽고 배 속에 그득 차는 포만감과 기쁨을 느낀다. 밥을 같이 나누며 에너지를 얻고 새로운 일을 도모하게 된다.

때때로 나와 의견을 달리하거나 정책이 다른 사람을 만나면 밥을 함께 나눌 일이다. 목젖이 보이도록 입을 벌리고 숟가락 가득 밥을 떠넘기는 모습을 통하여 우리는 살아있음을 느끼고 한 끼 밥의 귀함을 알게된다. 그리하여 우리가 의견을 달리하지만 서로 다투고 싸우는 모든 과정이 나와 내 이웃의, 우리 사회의 구성원들에게 더 맛있고 영양가 높은 밥 한 끼를 나누기 위한 것임을 알게 되리라.

밥을 먹는 것이 힘이고 강인함이라면 후식으로 먹는 차는 평온과 부드러움이다.

노인정에는 몇 가지의 차가 비치되어 있는데 단연 인기 후식은 커피

믹스다. 커피와 설탕과 프림 두 스푼이 적절히 배합되어 실용성과 맛이 으뜸이다. 쌉싸래한 맛과 달달한 맛과 구수한 느낌까지 합해진 믹스커피 한 잔을 마신다. 어르신들의 정성과 마음이 함께 녹아있어 맛이 배가된다.

어린 날 설탕 몇 알을 혀에 올렸을 때의 산뜻하고 개운하고 깔끔한 맛이 떠올랐다. 더욱이 설거지의 불편함을 감수하고 뜨거운 물에 한 번 데운 꽃무늬 찻잔에 내주셔서 더 맛난다. 여기에 새콤달콤한 귤 몇 알을 곁들이면 또 이야기는 줄줄이로 딸려 나온다. 노인정에서 먹는 밥과 커피와 과일 몇 알이면 내 하루는 감사와 풍요로 가득 찬다.

세상 모든 어머니가 가장 흡족해하실 때는 당신이 차린 밥상을 자식들이 맛나게 먹어줄 때가 아닐까. 가정을 꾸려, 직장을 따라, 진학을 위해 곁을 떠나간 자식들이여, 가끔은 어머니의 밥상을 받아보시라. 밥상 위에 얹힌 음식들 위에 고명으로 뿌려진 우리 어머니의 마음과 사랑을 잊지 말고 꼭 기억하시라.

나는 어른을 잘 모시는 것을 첫째 덕목으로 삼는 정치인이 되고 싶다. 지금의 한국은 어른들이 지켜온 피와 땀과 눈물의 역사로 세워진 나라다. 허리띠를 졸라매고 길을 닦고 다리를 놓고 건물을 올렸다. 이를 악물고 자식을 공부시켰고 기술을 익히고 서로의 손을 맞잡았다. 대한민국은 그분들이 지켜오셨고 지금에 이르렀다. 고마움을 잊지 않고, 어른들을 보살피며 그분들의 노후가 평온하고 강녕(康寧)하시길 빈다.

아버지의 바다

동네 앞이 당항포다. 이순신 장군이 왜군을 물리치신 당항포 해전의 그 바다다.

마을 사람들 생업의 분포는 절반은 농업으로 생계를 이어가고, 절반은 어장을 하며 살았다. 어느 집이나 근처에는 채마밭이 있기 마련이었고 어업을 하던 분들도 대부분 농사를 겸했다. 우리 아버지도 농사를 지으면서 어업도 곁들여서 하셨다. 아침에 어장에서 걷어 올린 생선을 당항포 건너 시락에 내다 파셨다. 우리 동네에서 시락까지는 500m 이상의 바다가 있었지만, 그곳을 건너는 나룻배가 있었다. 건너편 소포부락에는 부산으로 가는 배편이 일주일에 한 번쯤 있었다. 연락선과 화물선을 겸한 그 배는 우리 마을에서 도회로 가는 창구역할도 했다.

교육열이 높은 아버지는 자식들이 공부를 열심히 하여 도회로 나가 꿈을 펼치길 원하셨다. 큰형이 미국 유학까지 마친 뒤 대한항공에 취직하게 된 것도, 당시로써는 드문 일이었다. 산골 오지인 데다 궁핍한 어촌에서 자식 여섯을 먹여 살리기도 쉽지 않았을 부모님이 유학 보내는 일은 상상 이상의 고생과 노력을 담보로 하는 결정이었다.

　새벽녘 덧창문이 훤해지기 전에 아버지는 뒷굽이 닳은 장화를 신고 바다로 나가셨다. 목선의 노를 저어 장어통발을 걷으셨고 주꾸미나 낙지가 들어간 통을 들어 올렸다. 바다에서 올라오자마자 호흡을 멈추는 잡어들보다 생명력이 긴 장어와 낙지와 주꾸미는 나룻배에 실려도 살아 있었기에 제값을 받을 수 있었다. 아버지는 자식들을 불러 앉혀 놓고, 그런 말씀을 해 주셨다. 생물의 생존 요건과 제값을 받을 수 있는 이치와 가치 보전의 방법 같은 것을 말이다. 아버지는 우리 동네에서 최저 노동력을 투입하여 최고의 수익을 창출하는 법을 터득하신 분이셨다. 나는 아버지의 성품과 삶의 자세를 배우고 익혔다. 또한, 뱃길을 따라 다니며 헤엄치는 법과 잠수하는 법을 스스로 터득했다.

　물속은 또 다른 세상이 펼쳐지는 곳이다. 아버지는 밑바닥이 거울로 된 사각형의 특별한 기구를 고안하여 그것으로 바닷속을 훤히 내려다보며 해삼이며 멍게를 걷어 올리셨다. 물결이 흔들려 맨눈으로는 바닷속의 물체를 정확히 찾아낼 수 없어도 기구를 통해 물결을 통제하고 거울의 효과를 이용한 해저 수산물 채취는 특별했다. 동네에는 '머구리'라는 이름의 스쿠버다이버가 살았는데 그의 수경(水鏡) 논리를 아버지의 방식으로 고안해 내신 터였다. 아버지는 말씀도 해 주셨지만, 행동으로 삶의 지혜를 알려주신 분이다. 우리 형제들은 아버지의 삶의 방식을 받았기에 형제들도 나름대로 방법으로 자신의 장래를 개척하고 재물을 축적하는 데 활용했다.

아버지는 지혜로우셨고 이재에도 밝은 분이셨다. 그 당시 바다를 막아 농토를 만들겠다는 생각은 아무나 할 수 없는 사업이었다. 생전에 천 평 넘게 바다를 간척하여 농토로 사용하셨고 돌아가신 뒤 안방 서랍장에는 설계하여 허가를 받았지만, 사정상 못 이루신 간척허가증이 들어 있었다. 이천 평이 넘는 매립 허가서류를 서랍에 넣어두고, 자금 부족으로 소원하시던 일을 이루지 못한 아버지의 꿈이 내 가슴에 쓰라리게 남아있다. 아버지의 주도로 지역의 어촌계가 만들어졌다. 어부들의 뜻과 힘을 모아 공동 작업과 공동 판매를 통한 수익 및 권리 증진의 일을 해내신 게다.

아버지는 멋쟁이셨고 삶의 의미와 취미생활의 중요함도 알고 계셨다. 본인은 전형적인 농부와 어부임에도 일주일에 하루나 이틀은 꼭 쉬셨다. 고성 장날이 되면 양복을 말끔하게 차려입고 읍내로 나들이를 하셨다. 많은 사람이 모인 곳에서 세상 돌아가는 이야기를 듣고 자신의 삶이 나아가야 할 방향을 재점검하신 듯싶다.

한번은 벼를 베시다가 '세계복싱챔피언대회' 중계방송을 보신다고 집으로 돌아오신 일이 있다. 우리 가족뿐 아니라 온 동네 아이들이 사랑방에서, 더러는 마당에 멍석을 깔고 손뼉 치며 방송을 본 기억이 선

연하다. 아버지는 아이들에게 복싱 경기의 룰과 한 번도 들어본 적 없
는 선수들의 이름까지 알려주셨다.

아버지는 촌로의 삶을 사셨지만, 자신만의 원칙을 정해 두셨다. 바닷
가 구릉 논을 메워 땅을 일구시던 아버지의 뒷모습은 자랑스러움과 당
당함으로 꼿꼿하셨다. 다른 사람들이 하지 못하는 일을 앞장서 하셨기
에 시기와 질투를 받았지만. 그분들도 궁극적으로는 앞서 나가는 아버
지의 능력에 대한 부러움이 아니었을까?

바다는 넓고 깊다. 사시사철 물결이 출렁여 파도를 만들면서 그 속에
수많은 생명을 안고 키운다. 아버지의 바다는 내게 꿈 터였고 배움터였
고 자람터였다.
늘 깨어있는 의식으로 자식들의 앞날에 디딤돌이 되고자 하셨던 아
버지가 그립다.

친구들과 먹는 생선회

1년에 서너 번 이상은 고향에 내려간다. 내가 미리 공지를 띄우면 친구들 몇이 자리를 함께하기 마련이다. 고향에 닿으면 나는 도회에서 사용하던 표준말을 과감히 내던지고 사투리 왁자하게 쏟아내는 경상도 남자가 된다. 일부러 의도적으로 하지 않아도 너무나 자연스럽게 사투리 말투가 나오는 것이다.

"체면이고 뭣이고 던지내 삐리고 고마 편하게 마시는기 최고다."

"내 깡내이는 은자 못 씬다. 우리도 은자 탕수국 냄새 폴폴 나는 영감 탕구가 되고 있제."

"그래도 중기 니는 안즉 새파란 아범 아인가베. 기운 있을 때 일 마이 하소."

"도다리 회는 껍데기째로 썰어무야 맛나제. 퍼뜩 안묵고 뭐하노!"

서울 사람들은 알아들을 수 없는 말들이 내 입에서도 쏟아져 나온다.

고향에 터 잡고 평생을 살아가는 친구들은 말투를 바꿀 필요도 표준

말 사용에 대한 부담도 없이 있는 그대로의 모습을 보여준다. 그런 친구들을 보면 한결같아서 고맙다. 변하지 않는 고향의 일부분을 보는 것 같다.

사람은 누구나 저마다의 모습으로 자신의 삶을 살아간다.

나는 서울에서 내 일을 열심히 하며 살지만, 고향에서 어부의 삶을 사는 친구는 날마다 물길을 읽고 배를 띄운다. 그들이 살아온 길을 묵묵히 걸어가고 있다. 오랜 세월 거친 바닷바람을 받으며 살아오느라 얼굴은 검게 타고 거친 주름살이 잡혀있지만, 그것은 자신에게 주어진 삶의 몫을 온몸으로 견뎌온 훈장이기도 하다.

뼈들은 죄다 발라내고 얇게 저민 부드러운 생선회가 아닌, 껍질도 잔뼈도 온전히 남아있는 생선회를 먹으면 입안에 날 것의 거친 질감이 가득 찬다. 입안을 찔리지 않게 조심조심 씹다 보면 생선의 비린 맛과 단맛과 짭조름한 맛이 어울려 바다 맛이 난다. 갯벌의 펄 내음과 해초의 파르스름한 내음과 바윗돌의 간간함까지 말이다.

아침 단상(斷想)

　아침 일찍 집 앞 도산공원에 나간다. 새벽부터 운동 나오시는 지역주민들이 많으시다. 개인적으로 걷는 분도, 그룹별로 운동 나오는 분들도 계신다.

　집 근처에 공원이 있다는 것은 축복받은 일이다. 마침, 내 집이 도산공원 옆에 있으니 나도 축복받은 사람 중의 한 명이라 할 수 있다.

　공원에는 철 따라 꽃이 피고 새들이 지저귄다. 봄이면 산수유가 피고, 키 작은 민들레와 제비꽃도 얼굴을 내민다.

　나도 아침 운동 겸 공원에 자주 나간다. 갈 때마다 뵙는 어르신들은 오랫동안 도산공원 옆에 사시던 분들로 이 동네의 지킴이다. 가벼운 운동을 마치면 누가 먼저랄 것도 없이 자연스럽게 식사 자리가 마련된다. 막걸릿잔을 들고 '건강 제일!' 구호를 외친다.

　식사 자리에서는 여러 가지 이야기들이 오가기 마련이다. 밥을 앞에 놓고는 열띤 토론과 비난의 이야기보다는 잔잔하고 가벼운 덕담들이 오고 간다. 지역민들의 어려움이 무엇인지, 정치가 나아가야 할 방향이 무엇인지를 편안하게 주고받는다.

운동 나오시는 분들은 전직(前職)도 현직(現職)도 다양하시다. 인생과 사회의 선배들께 귀감이 되는 말씀을 전해 듣는다. 인생을 오래 살아오신 분들의 삶은 그 자체가 책이고 학교다.

더러, 중간에 역할을 해 드릴만한 소소한 민원이 접수될 때도 있다. 내가 듣고 중재 가능한 민원이면 메모를 해 둔다. 그리고 즉시 내용을 확인한다. 어르신들의 말씀은 미루지 말고 즉각 챙겨드리는 게 좋다. 그런 민원이 대부분이 개인의 문제가 아니라 주민 전체의 삶의 질과 관련되어 있을 때는 더욱 그러하다.

'민원이 해결되었으니 아침밥은 내가 사리다.' 하시며 웃으실 때 나는 보람을 느낀다.

내가 할 수 있는, 내가 해야 하는 일은 도산공원의 아침 운동에서부터 시작된다. 주민의 옆으로 다가가는 일, 지역주민의 소리를 듣는 일, 숨소리를 들으며 서로의 눈빛을 바라보는 일, 그것이 곧 내 삶이며 내 존재의 의미인 것이다.

공원에 오면 저절로 도산 안창호 선생님의 애국심[研磨]과 계몽운동을 떠올린다. 닮고 싶은 애국지사의 뜻을 기리며 나 자신을 끊임없이 연마(研磨)하게 되는 것이다.

공원에서 자라는 소나무처럼 한결같은 마음으로 주민들을 대하며 소통하고 싶다.

새우잠

사람들의 잠자는 모습은 다양하다.

잠자는 모습을 보고 그 사람의 성격이나 현재의 심리상태를 잘 보여주기도 한다. 크게 나누면 하늘을 보고 자는 잠과 땅을 보고 자는 잠, 그리고 옆을 보는 잠으로 구분할 수 있다. 또한, 편하게 누워 자는 잠과 웅크리고 자는 잠, 앉아서 자거나 서서 잠깐 자는 잠으로 나눌 수도 있다.

새우잠은 옆으로 자는 잠이고 웅크리고 자는 잠이다. 하늘이나 땅을 바라보기보다는 벽면 혹은 옆 사람을 보거나 피해서 자는 잠이다. 그래서 인간적인 잠이고 근심 걱정이 많은 사람의 잠이다. 그리운 사람 생각에 베갯잇을 적시는 잠이기도 하고 옆구리가 시린 사람이 자기 체온이라도 느끼고 싶은 잠이기도 하다.

지금 우리나라 사람들 대부분은 새우잠을 자고 있다. 코로나19로 수십 년 이어온 가업이 휘청거리고 자영업은 모임과 거리 두기 제한으로 영업 손실이 막대하다. 건설 현장은 문을 닫고, 교육은 비대면으로 전환되거나 연기되었다. 잘 나가던 직장이 언제 문을 닫을지, 명예퇴직의 바람이 언제 불어 닥쳐 실업자가 될지, 이런저런 걱정으로 새우잠을 청할 사람이 얼마나 많을지 걱정이다.

　내 수면 습관도 새우잠 스타일이다. 아무 걱정 없이 편안하게 잠든 날이 그리 많지 않다. 젊었을 때는 바빴고 세상 고민을 다 짊어진 것처럼 이런저런 일도 많았다. 회사를 운영할 때는 영업과 자금 걱정으로, 지금 시의원 활동을 하면서는 나라와 시정(市政)과 정국, 지역 민원인과 이웃들 걱정에 새우잠을 잘 수밖에 없다. 지금 이 시각에도 잠깐 눈 붙이며 칼잠을 자거나 밖에서 불면의 밤을 보내는 사람들이 많을 것이다.

　불안하고 막막한 잠들을 편안하고 따스한 잠으로 변화시킬 묘수는 없을 것인가, 평화와 사랑의 이불을 덮고 편히 잠들 날들이 오긴 오는 것일까?

나팔꽃

길섶을 지날 때 흔하게 보는 나무가 나팔꽃과 강아지풀이었다. 나팔꽃은 뾰족하게 바늘 돋은 탱자나무 울타리도 휘감고 거친 장삼 줄기도 두려워 않고 핀다. 나팔꽃과 닮은 꽃이 메꽃과 고구마 꽃이다. 메꽃은 바닷가 바윗돌 사이에 낮은 키를 숨죽이듯 피어난다.

나팔꽃이 퍼렇게 멍든 가슴 빛이라면, 강아지풀은 연분홍 웃음 머금은 긴 머리 소녀의 연둣빛이고, 그보다 좀 더 짙은 보랏빛 줄무늬는 고구마 꽃이다.

나팔꽃은 이른 아침 이슬을 머금고 핀다. 부지런한 모습으로 꽃들을 대표해 세상에 나팔을 분다. 세상이 왜 이토록 험하고 삭막하냐고, 사건 사고는 왜 이렇게도 끊이질 않냐고, 국민의 방송에 국민은 없고 온통 궁궐에 사는 궁민들 나팔수 역할만 하냐고 입이 부르트도록 나발을 부는 듯하다.

나팔꽃은 외줄 타기 선수다. 줄 하나만 있으면 전봇대 꼭대기도 바랑대가 받치고 있는 빨랫줄까지도 올라간다. 나는 나팔꽃 줄기가 외줄 타기를 할 때 오른쪽으로 감는지 왼쪽으로 감아 타고 올라가는지 관찰한 적이 있다. 나팔꽃은 감기 쉬운 방향으로 타고 올라가되 방향을 정하면 흐트러지는 일 없이 그 방향으로만 감아 올라간다는 사실도 알았다. 나팔꽃 줄기가 바람에 풀어지지 않도록 하려는 본성이겠지만 지조가 있는 풀이란 생각도 들었다.

나팔꽃이 세상과 사람들에게 어떤 노래를 부를지는, 나팔꽃을 보는 사람의 마음에 따라서 다를 수밖에 없다. 나팔꽃은 더 많은 노래를 부르라고 하는 것 같다. 혼자 노래하는 것도 좋지만 여러 사람과 화음을 넣어 4중창도, 합창도 부르라는 것 같다. 사는 동안 더 많이 베풀고 이웃을 챙기고 나눔 하라고 외치는 것도 같다.

어쩌면 나도 세상을 향해 노래하는 한 송이 나팔꽃인지도 모른다. 이왕이면 세상 사람들이 기쁘게 듣고 손뼉까지 치며 따라 부를 정겨운 노래를 찾아 헤매는.

엿장수와 각설이 타령

"엿장수의 가위는 한 시간에 몇 번 울릴까?"

"엿장수 맘대로!"

친구 중에 이런 농담을 모르는 사람은 아무도 없었다. 마을 아이들에게 엿장수는 기다림의 대상이었다. 엿장수는 마을을 차례로 돌아다녔기에 우리 마을에 오기까지 한 달쯤의 시간이 걸렸다. 눈치 빠른 아이들은 엿장수가 찾아올 즈음이면 바닷가를 떠돌며 바꿀만한 물건이 있는지 살폈다. 태풍이 지나거나 큰바람이 불어 바다가 뒤집히면 예상치 못한 쇠붙이와 빈 병을 발견할 수도 있었다. 엿을 바꿀 제일 좋은 건 돈이었지만 물물교환 또한 훌륭한 거래방법이었다. 민둥산에 아카시아를 심는 산지사방 공사장이나, 태풍 대비를 위한 해안사방 공사장 주위를 배회하면 무게가 제법 나가는 쇠붙이를 주울 수도 있었다. 그런 물건을 구해놓은 아이들은 눈이 빠지게 엿장수를 기다렸다.

둥글고 납작한 손잡이에 손가락을 끼워 철거덕철거덕 울리던 가위는 쇠 날을 대고 엿을 자를 때는 망치 역할을 했다. 엿장수가 가위를 세로로 세워 쇠 날 위를 내려치면 눈썰미에 따라 엿이 잘려나갔다. 아이들은 한 조각이라도 더 달라고 마음속으로 빌고 빌었지만, 차마 입 밖으로 소리 내어 주문하지는 못했다. 왜냐하면, 마을마다 돌아다니는 엿장수의 입방아에 올라 누구네 자식 놈이 상스럽더라, 건방지더라, 군소리가 많더라, 등등의 뒷담화를 듣고 싶지 않았기 때문이다.

오랫동안 엿을 자르고 팔았던 아저씨의 가위소리는 리듬을 탔고 부드러웠고 쇠 날의 눈금은 직선으로 뻗었지만, 초짜들의 가위는 덜컹거렸고 쇠 날은 자주 눈금을 벗어나 튀었다. 우린 아저씨의 손짓에서 벌써 익숙함과 초보의 실수를 읽어낸 것이다. 아이들 또한 세상일에 대하여는 아는 것이 아무것도 없는 아마추어였지만, 그 정도는 얼마든지 알아내는 것이다. 왜냐하면, 엿은 아이들에게 젤 맛있는 간식이었고, 자신의 손으로 획득할 수 있는 유일의 비자연산 간식이었으므로. 그 간식을 실어 나르는 엿장수는 아이들이 꿈꾸는 장래희망의 네댓 번째에 자리 잡는 직업이었다. 그 시절 우리에게 젤로 멋진 직업은 선생님이었고, 두 번째는 면서기, 세 번째는 점방 주인이었다. 어디에도 농부와 어부 같은 업종은 없었다.

가끔 엿장수와 함께 각설이가 나타날 때도 있었다. 각설이가 갈가리 찢긴 무명 핫바지에 숯검댕을 묻힌 채 빙글빙글 춤추며 노래 부르면 온 동네 사람들이 모여들었다. 노래 값으로 당연히 엿을 사 주었고, 어른들과 아이들은 입에 문 엿 사이로 침이 흘러내려도, 엿이 입술 사이를 빠져나와도 다물지 못했다. 각설이 노랫가락은 버들가지처럼 휘휘 늘어졌고 꺾기는 신들린 듯 리듬을 탔다. 저렇게 노랠 잘 부르는 이가, 왜 저렇게 험한 비렁뱅이 옷을 입고 춤을 추는지 아무도 이해하지 못했다.

잘 빠진 양복을 입고 넥타이 매고 번쩍이는 구두에 툭 튀어나온 아랫배를 앞세워 걷는 김 생원 할아버지를 간드러진 노랫말로 꼬드겨서 엿을 한 판이나 팔아먹을 정도라면, 멋쟁이 신사보다 분명 한 수 위임이 분명함에도.

요상한 차림새에 리어카를 끌고 떠도는 엿장수를 업신여기는 마음은 누구에게나 있었다. 집도 없이 동네마다 돌아다니는 사람은 근본을 놓치고 사는, 무엇인가를 잃어버린 사람이라고 단정했던 까닭이다. 어쩌다 마을의 어느 집에 분실물이 있다는 소문이 돌면 얼마 전에 다녀간 엿장수에게 먼저 의심의 눈길을 보내곤 했으니 말이다.

그러나 아이들에게 엿장수는 자유로움의 상징이었다. 함께 노래하고 춤추는 각설이는 그 속내에 무엇인가를 잔뜩 안고 있던 사람이었다. 풍선처럼 부푸는 소문이거나 도회에서 일어나는 여러 가지 이야기의 발단이거나 그 모두를 잘 알고 있는 안테나거나 어쩌면 죽어가는 사람도 감쪽같이 살려내는 마술사였는지도 모른다.

사람들은 자신의 잣대로 상대방을 재단하는 경향이 있다. 자신의 맘에 들지 않으면 무조건 외면하거나 내치기 일쑤다. 그가 어떤 생각으로 왜, 무엇을 말하려고 그런 옷차림으로 그 자리에 서 있는지 자세히 알아보려 하지 않는다. 그 사람의 겉모습, 눈에 보이는 것만으로 누군가를 판단하는 것은 대단히 위험한 일이다. 사람의 겉모습은 언제든지 변할 수 있고 바뀔 수 있는 법이다. 마치 연극배우가 옷과 차림새만으로 거지에서 왕으로까지 변신할 수 있는 것처럼 말이다.

진짜는 그 사람의 내면에 있다. 생각, 판단, 가치관, 배려심, 사회관, 인생의 관점, 태도, 내면의 무늬가 그 사람의 진짜 모습인 것이다.

우리는 겉모습으로 상대를 안다는 우(愚)를 범하지 말아야 한다. 그것이야말로 위험한 생각이다. 인간에 대한 예의를 지키는 것이야말로 어렵지만 끊임없이 정진해야 하는 덕목이 아닐까 싶다.

요즘, 대중가요의 크로스오버가 한창이다. 수많은 가수가 음악적 스펙트럼을 넓히고 있어 전공이나 특정한 장르에 머무르지 않는다. 성악가가 트롯을 부르고, 국악을 전공하던 가수가 성악가들과 팀을 이루어 화음을 맞춘다. 또한, 음악 분야에 대한 다양한 정보가 교류되어 다양성으로 통섭이 이루어지는 중이다.

내 어린 날, 우리 동네에 찾아왔던 엿장수와 각설이는 종합 뮤지션이 아니었을까, 달콤한 엿을 팔면서 노래와 춤을 선보였던 그들은, 텔레비전을 볼 수도 신문을 읽을 수도 없었던 첩첩산중이나 어촌에 찾아와 어린이들에게 꿈과 웃음을 소개하던 연예인이었던 게다. 그 시절, 우리 동네에 찾아왔던 그들의 선한 눈매가 떠오른다.

마라톤에 대한 명상

몇 년 전, 절친이 마라톤대회에 참가했다. 풀코스만 100번을 넘게 뛴 친구는 울트라마라톤을 계속하는 중이었다. 친구는 특별한 목적을 가진 대회에 참가했고 나는 응원차 동행하게 되었다. 친구는 열심히 질주하는데 나는 머리로 친구와 함께 달렸다.

마라톤의 출발은 느슨하다. 단거리 경주처럼 긴장하지 않고 자신을 점검하는 호흡부터 시작한다. 절정의 순간에 튕겨 나가는 힘의 원리, 그 변곡점에 닿은 지렛대의 접점에서부터 마라톤은 시작된다.

여타의 경기들은 아슬아슬한 출발의 탄력에서 튕겨 나간다. 그 출발 시점의 숨죽이는 적막은 호흡을 멈추게 하고 실핏줄의 흐름까지 피부의 연약지반을 뚫고 튕겨 오른다. 찰나의 순간에서 우위를 점령하는 포착, 그를 위해 우주의 질서는 먼지 한 점까지 순위를 정하는 마의 경계에 닿는다. 그런 찰나의 숨 막히는 접점을 유유히 뛰어넘는 출발의 여유로움이라니.

마라톤은 결코 순간의 기회를 점령하는 운동이 아니다. 긴 호흡으로 발자국 발자국마다에 의미를 전달하는, 사람의 발자국이 공간의 지평에 선 하나를 길게 긋는 예술의 경지에 도달했음일 뿐이다. 사람의 몸이 온 힘을 다해 전력으로 내리긋는 붓질, 그 하나하나의 흔적으로 나아가는 질주다.

마라톤은 아무런 도움도, 위압도, 경계도, 장애물도 필요 없다. 오직 달리고자 하는 몸의 정직함으로 나아간다. 다리의 근육이 팽팽하게 땅겨 한 발자국을 뗄 때마다 팔은 공기의 팽창을 순환시키며 허공을 내지른다. 팔이 몸의 중간지점에서 허공의 공기와 교접할 때마다 다리는 힘을 얻어 나아간다. 어느 지점에서 핏줄이 엉키거나 흐름의 굴곡이 교차하거나 자연스러운 리듬을 잃을 때 근육은 경련한다. 이게 아니란 걸 알아차리는 순간, 몸은 균형을 잃고 뭉침의 매듭에 맞닥뜨린다. 헤어날 수 없는 늪, 경계의 지점에서 무너져 내리는 뼈아픈 실수의 인식은 애처롭다.

마라톤은 길 위에 서 있다. 달리고 달린다. 온전히 두 다리와 팔의 힘으로 나아간다. 여타의 어떤 도움도 장치도 없어야 한다. 달리며 만나게 되는 함정조차도 몸에서 나온다. 내 몸의 어느 관절이 균형을 잃을 때, 내 몸의 어느 근육이 파열음을 낼 때, 그 순간이 위기이며 늪이다. 함정에 빠졌음을 자신이 제일 먼저 깨닫고 느낀다. 그래서 통제의 본분에 즉각 반응한다. 몸의 미세한 감각을, 실핏줄의 예민한 흐름을, 호흡이 토해내는 더하기와 빼기의 소리를 가장 잘 듣는 운동이다.

어느 시점에서 온몸의 열기가 39.9도로 상승하여 전율할 때 그로부터 비로소 달리기의 역사가 쓰이는 것이다. 사실 그 이전은 준비 운동이다. 달리고 달려 온몸이 뜨거운 화염에 휩싸인 듯 열기의 갑옷으로 중무장 될 때부터 본격적인 달리기는 시작된다. 그 시점에서 온몸은 균형을 유지하고 팔과 다리는 자동으로 나아갈 힘의 세포를 공급받는다. 그동안 몸이 익힌 모든 움직임이 팔과 다리에 전달되고 호흡을 통해 새로운 세상을 그린다. 접점은 완벽하고 균형은 창평하다. 나아가는 발질은 힘차고 그를 따라 휘젓는 팔의 움직임은 가멸차다. 비로소 완벽한 어울림으로 승화된다. 얼마나 더 달릴지는 자신의 의지가 결정한다. 하프이거나 풀 코스는 이렇게 완성된다.

그 옛날 로마 병사가 달렸던 역사의 길을, 인간은 수천 년 이어져 달림으로 증명한다. 길 위에서 이어져 온 과거를 길 위에서 교감하는 나의 현재. 그리하여 나는 마라톤을 통하여 길 위에 존재하는 현재다. 그 증거인이며 그 증명자다.

마라톤에는 이기고 짐의 규정이 없다. 다만 기록이 있을 뿐이다. 누군가가 기록의 순위에 대해 승패를 논한다면 그건 마라톤을 하나도 모르는 자의 허위다. 마라톤은 인간에 대한 예의를 지킨다. 기록 앞에서

웃거나 울지언정 승패를 논하지 않는 진위, 그것이 마라톤에 바치는 인간의 경배다. 존경이며 흠모다. 그리하여 나는 마라톤이야말로 인간이 취할 수 있는 최고의 운동이며 최대치의 즐거움이라고 감히 자부한다. 뛰다가 쓰러지는 한이 있어도 그것은 오로지 뛰는 자의 몫으로 남는.

친구는 마라톤에서 인생을 본다고 이야기한다. 나는 고개를 끄떡이며 친구를 쳐다본다. 한결같은 사람, 변함없는 언행, 성실하고 부지런한 자세, 길 위의 인생, 달리는 인생이다. 어딘가로 나아가는 한 사람이 앞에 앉아서 나를 물끄러미 마주 본다.

정치도 마라톤처럼 하면 좋겠다는 생각을 한다. 한결같이 꾸준한 발걸음으로 오래오래 내닫는 정치, 알맞은 보폭을 유지하며 시민과 끊임없이 대화하고 소통하는 정치, 겹겹의 옷들은 벗어버린 채 소박한 모습으로 시민들께 다가서고 싶다.

우정은 풍년

'추억 부자'란 말이 있다. 내가 좋아하는 말이기도 하다.

어린 시절 시골에서 자란 내게 가을은 풍성하고 넉넉했다. 뒤꼍엔 감나무가 달달한 홍시를 익히고 산밭엔 고구마와 콩이 넉넉했다. 텃밭엔 늙은 호박과 무가 뒹굴고 들판엔 황금빛이 출렁거렸다.

배를 타고 바다에 나가 그물을 걷으면 전어와 매가리가 튀어 올랐고 낙지와 주꾸미도 통발에 차 있었다. 어쩌다 걷어 올린 대형 민물장어는 한 마리만 넣고 달여도 뽀얀 국물이 한 솥 가득했다. 가난한 시절, 더 가난했던 시골에도 먹을 것이 넘치던 가을, 너무 좋았던 가을, 더없이 행복했던 가을이었다.

가끔 고향엘 간다. 요양원에 계시는 연로하신 어머니는 많은 기억을 잃으셨지만, 자식들의 목소리를 기억하실 때도 있다. "바쁠 텐데 뭐하러 여기까지 왔냐"며, 어서 가라는 어머니의 손짓을 남기고 돌아서면 가슴에 헛헛한 구멍이 뚫린 것처럼 아프다.

그런 날 친구들을 만나 술잔을 기울이며 어린 날을 추억하고 늙음과 병듦을 이야기한다. 내가 고향 간다고 하면 본인의 일을 제쳐두고 동행하겠다는 친구도 있고, 앞장서서 반기는 친구도 있다. 같은 동네에서 자란 생규도 그런 친구였다.

어부인 아버지께 노 젓는 일부터 배운 생규는 그물을 깁고 통발을 던지고 잠수하는 데는 선수였다. 자맥질로 해산물을 건져 올리는 능력이 귀신같았다. 오랜 경험으로 바닷물과 물고기의 길을 훤히 꿰뚫고 있었다.

한번은 직장 동료들과 함께 고향에 간 적이 있었다. 생규 소유의 배에 타고 물질하는 모습을 지켜보았다. 해삼을 건져 와서는 곧바로 내장을 제거하고 숭숭 썰어서 접시에 내놓더니 다시 물속으로 들어갔다. 이번에는 주꾸미를 한 바구니 건져 올렸다. 빈 조개껍질 속에 들어가 입을 닫고 마치 조개처럼 몸을 숨긴 주꾸미들을 뜨거운 냄비 물에 넣었다가 꺼내서는 통째로 먹으라고 내밀었다. 자연산 성게와 멍게와 전복을 부지런히 따 왔다.

동료들은 친구의 그런 물질이 생소하면서 신기해서 마치 본인이 물속에 들어간 것처럼 재미있어했다. 막 건져 올린 해산물을 뱃전에 앉아 먹으면서 마치 바다를 들이키는 듯했다. 밤에는 숯불을 피워 조개를 구웠다. 조개껍질이 튀는 소리, 석회질의 탄 내음이 어우러지고 밤바다엔 시거리가 반짝였다. 도시인이 좀처럼 맛볼 수 없고 구경하기 어려운 장면을 보여준 친구의 우정과 성의를 내 어찌 잊으랴.

친구는 어떻게 하면 더 재밌는 것을 보여 줄까, 더 먹게 해 줄까, 더 맛나게 조리해 줄까, 라는 생각만으로 바쁘게 움직였다. 그것이 우정이며 고향 땅에서 갯내음과 함께 사는 바다 사나이의 의리와 진심이 가득 담겨있었다.

수년이 흐른 뒤, 그때를 재연해도 처음의 그 맛이 안 났다. 한번 경험하고 나니 신비감과 특별함이 줄어든 탓이다. 일행들은 처음에 보인 반응보다 다소 미지근하고 시들했지만 생규의 물질은 그대로 활기찼고 끝까지 성의를 다했다.

나는 지금도 친구들의 진심과 우정을 결코 잊지 못한다. 깡촌에서 태어난 시골 출신이지만 서울에 가서 도시인들과 당당히 어깨를 걸고 기죽지 않는 친구를 자랑스러워 하는 그 마음을 내 어찌 잊으랴.

방울토마토를 따며

친하게 지내는 지인에게 텃밭을 일구었으니 다녀가라는 기별을 받았다. 간다, 곧 가겠다, 하면서도 약속을 지키지 못해 마음의 빚이 남아 있었다.

토요일 아침, 텔레비전 채널을 돌리다가 불현듯 텃밭이 떠올랐다. 이것저것 따지지도 않고 차를 몰았다. 내 마음을 훤히 꿰뚫고 그이는 지금 밭에 나와 있을 것 같았다.

밀짚모자를 쓰고 장화를 신은 세련된 농부가 밭둑에 앉아 있었다. 우리는 웃음으로 인사를 대신했다. 그가 허름한 운동화와 챙이 넓은 모자를 내주었다. 그는 잘 익은 방울토마토를 따던 중이었고 내게 바구니를 건넸다.

8월 땡볕에 토마토의 여린 가지들은 무게를 견디느라 온몸을 휘고 있었다. 잎은 광합성 작용을 위해 온몸으로 햇볕을 받고, 연한 가지들은 뿌리 쪽으로 기운을 뻗었다. 뿌리는 수맥을 찾아 갈라지고 쪼개지며

지하로 발을 뻗는다. 그렇게 닿아 뿜어 올린 수분을 물관으로 보내주고, 한밤이면 별빛에게 쉼을 허락받는다.

여름밤의 별자리들이 고유의 전설을 묵묵히 읽어주고 있을 때 뿌리는 별을 덮고 잠이 든다. 북십자성, 직녀별, 견우성, 헤라클레스, 전갈자리, 궁수자리, 월계관, 쌍둥이자리가 저마다의 애틋한 사연을 동화로 쓰고 있을 때 방울토마토는 얼굴을 붉히며 저절로 익어가는 것이다.

별은 불멸의 영원성이고, 방울토마토는 소멸의 일년생이라 감히 비길 수 없다고 말하면 안 된다. 별의 존재가 밤마다 하늘을 배경으로 환히 빛나듯이 방울토마토는 그 자체의 삶으로 가치를 맺는다. 별빛이 내리는 땅 위에, 동그랗게 매달리는 이슬방울을 닮은 채 여린 가지마다 알알이 맺혀 존재를 증명하는 그 삶 또한 의미와 가치를 온몸으로 보여주고 있는 것이다.

딸아이가 유독 방울토마토를 좋아했다.

지난봄에 급체로 온몸이 신열로 끓어오르고, 물 한 방울도 넘기기 싫다며 앓아누웠을 때, 먹고 싶은 단 한 가지의 음식으로 방울토마토를 꼽았다. 24시간 영업하는 가게를 뒤져 방울토마토 한 팩을 소중히 안고 왔다. 아이가 동그란 방울토마토 하나를 천천히 씹어 삼킬 때의 그 입 모양을 어찌 잊으랴. 방울토마토는 아이의 혀끝에서 침샘을 자극하여 묻혀있던 침을 불러오고 온몸의 핏줄들이 무엇인가를 삼키겠다는 의욕에 불타올라 부지런히 혈관으로 몰렸다. 잘게 씹힌 과즙이 목젖을 젖히고 식도를 타고 넘어가는 동안 아이의 몸은 비로소 음식을 삼키는 법을 되찾게 되었던 게다.

그런 추억이 있는 방울토마토를 따며, 나는 아이의 이름을 조용히 불러보았다. 아이의 출장이 끝나 집으로 오는 날, 그 어떤 음식보다 싱싱하고 탱탱한 방울토마토를 먹이고 싶다. 아이의 온몸이 기억하는 저 동그스름한 과일 한 알의 기억이, 하늘에서 영원히 빛날 별의 의미보다 부족하다고 감히 이야기할 수 있을 것인가. 내게 있어서~

인간의 우주

한 우주를 만나기 위해 길을 나섰다.

'한 사람의 생이 시작되는 것은 하나의 우주가 생성되는 것과 같다.' 이런 문장을 쓰면 은근히 부담스럽기도 하다. 우리 뇌의 메커니즘이 작동하는 원리대로 하면 '거대한' '무한한' '영원한'이란 낱말이 따라붙는 '우주'에 100년도 살지 못하는 '인간'을 빗대다니. 그것은 우주를 너무 축소하거나 인간의 삶을 지나치게 확대 재생산 하는 과대포장이 아니냐고? 나는 이 명제에 대하여 궤도를 조금 수정해 본다.

사람이 살아오는 수십 년의 과정은 가로로 펼쳐 모두 내보일 수 없다. 어떤 과정과 사건들을 얇은 책갈피로 접어 두께로 책정하기 때문에 비유의 범위에 차이를 느끼는 게 아닐까 싶다. 하여 나는 한 사람을 우주에 비유하는 문장에 동의한다.

저수지가 잘 보이는 곳에 차를 세우고 시월이 오는 소리를 들었다.

사과와 대추는 볼을 붉히고 그 곁을 한가로이 날아다니는 고추잠자리의 날개는 아른아른 무늬가 돌기 시작했다. 잎새들은 잔뜩 머금었던 물기를 걷어내고 남은 시간의 채비를 시작했다. 더는 꽃들에 마음을 줄 여력이 없다. 이젠 열매를 맺지 않아도 되는 가을꽃들에 자리를 내주면 될 테지. 가을에 피는 꽃들이 열매와는 상관없이 벌들에게 꿀을 주거나 고운 향을 퍼트리면 책임을 다할 테니 말이다.

나는 한 우주를 만나러 가는 길이다.

그는 보통 사람들의 잣대로 본다면 가진 것이 많은 사람이다. 재력과 명예는 물론이고 자녀들도 잘 키웠다. 인격과 교양과 품격은 따를 자가 없다는 생각이 들 만큼 대단하다. 그러함에도 사과처럼 잘 익어 과일 닮은 향을 풍긴다. 대추처럼 겸손하고 소박한 웃음으로 누구에게나 좋은 인상을 선물한다. 또한, 고추잠자리처럼 자유롭고 가볍게 살고 있다. 자신이 가진 것을 맘껏 풀어놓아 주위에 넉넉한 단맛을 나눠준다. 이웃들은 벌, 나비처럼 날아와 편안하게 꿀을 받는다.

그는 겸손의 미덕을 평화의 땅에 꽃으로 뿌리는 중이다. 누구를 욕하거나 나쁘게 말하지 않는다. 자신에게 해코지하는 사람을 미워하기는커녕, 자신이 누군가에게 미움받을 짓을 하지 않았는지 반성부터 하는 사람이다. 항상 책을 읽고 공부하며 성장하는 삶을 사는 사람이다. 자신의 이익을 위해 남을 이용하거나 도움을 요청하지 않는다. 이기적인 사람이 행복하지 않다는 사실을 익히 알고 있다.

그는 많이 말하지 않는다. 대신 상대방의 말을 더 오래 듣고 수긍하고 고개를 끄떡이며 동의해 준다. 말의 핵심을 간파하고 이해하고 존중해 준다. 그에게 얘기하면 비밀이 새어나갈까, 소문이 날까, 염려할 필요가 없다. 모든 것이 그의 선에서 해결된다. 그가 떠들지 않아도, 그가 떠벌리며 언약하지 않아도, 그에게 말하면 고민이 술술 풀린다. 그가 특별한 재주를 부리거나 마술을 풀지 않아도 쉽게 해결이 된다.

그를 나는 우주라고 부른다. 그의 우주에 닿으면 나는 편안하고 여유롭다.

나는 언제쯤 그를 닮은 사람이 될까? 그처럼 사려 깊고 배려심 있는 사람이 될까? 여백 가득한 우주를 품을 수 있을까?

영동시장 가는 길

나는 영동시장에 가는 것을 좋아한다.

그곳에는 달달한 분위기가 넘치고 반가운 사람들이 살고 있어 저절로 기분이 좋아진다.

봄이면 시장 입구에 낯익은 할머니들이 앉아서 손님을 기다리신다. 할머니들 앞에 놓인 소쿠리에 봄이 가득 담겨있다. 밭둑에서 캔 쑥과 냉이, 언덕에서 뽑은 달래와 습지에서 건져 올린 돌미나리가 수북하다. 물김치를 담으면 시원한 돌나물도 보이고 취나물과 궁궁이 잎도 향그럽다. 입안에 차오르는 머위잎의 싸아한 맛을 어디에 비기랴.

그런 나물을 보면 봉지봉지 산다. 나는 무엇을 어떻게 먹을 것인지 생각할 겨를도 없이 내 손은 봉지로 간다. 먹는 재미보다 눈으로 보는 어린 순의 여림과 아릿아릿하고 순한 풋내를 맡는 느낌이 좋아서이다. 겨울을 견뎌온 뿌리는 햇살의 달콤한 손길을 받고 잎눈을 맘껏 틔운다. 부지런히 돋은 새순을 사람들이 그냥 두지 않는다. 뜯어서 나물로 무쳐

먹고 국을 끓여 먹는다.

국밥집 솥에는 펄펄 끓는 국물이 사람을 부르는 것처럼 보글거리고 있다. 뜨끈한 국밥을 한 그릇 말아 후루룩 들이키면 목이 뻥 뚫리는 기분에 사로잡힌다. 도시 골목의 깔끔한 식당에서 내놓는 반질반질한 국그릇이 아닌, 뚝배기에 가득 담긴 국밥을 보면 식욕이 솟구친다. 저걸 다 먹어야 오늘 밥을 먹은 것 같고, 저 속에 들앉은 고기 모둠까지 다 비워야 한다는 어떤 사명감까지 생긴다.

고춧가루를 파는 경복상회를 지나칠 수 없지. 유 사장님은 지휘자의 손짓처럼 유려하게 나를 부르신다. 직접 점심을 지어 동료들과 나눠 먹으며 오가는 사람들에게도 같이 드시라 권한다. 사장님의 손맛도 좋지만, 시장에서 일어나는 온갖 사연과 어울려 사는 이야기 듣는 맛이 더 구수하고 정겹다. 처음에는 서로의 견해 차이로 불편함과 거리감이 있었을 테지만 몇 번 밥을 같이 먹고는 친해졌다. 지금은 특별한 음식을 만들면 일부러 연락해 온다. 직원들과 먹는 맛 난 밥은 일거양득이다. 식구란 게 밥을 함께 먹으며 서로의 건강을 염려하고 그 기운으로 에너지를 얻어 서로의 얼굴을 마주하며 사는 관계가 아니던가.

영동시장에서 생활 정치인의 자세와 태도를 배운다. 사람들이 제일 즐거워하고 관심 있는 문제는 뭐니 뭐니 해도 먹는 일일 것이다. 맛있는 음식을 나눠 먹을 때는 만족감과 웃음이 난다. 잘 먹고 배부르면 마음이 후해지고 인심이 좋아지는 법이다.

정치도 결국은 잘 먹고, 잘 입고, 잘 자는 데서 시작되어야 한다. 삶의 소소한 행복이 엄청 비싸고 화려한 음식에 있는 것이 아니라, 뜨끈한 국밥 한 그릇을 돈 걱정 없이 맛나게 먹을 때이다.

시골에서 자란 나는 어릴 때부터 음식은 나누는 것이라고 배웠다. 제사를 모신 다음 날 아침에는 동네 어른들께 "제삿밥 드시러 오세요."라며 집집마다 다니는 것이 아이들의 일이었다. 그럴 때 신바람이 났다. 동네 어른들이 우리 집에 오셔서 음식을 맛나게 드시는 것을 보며 내가 밥 먹은 것보다 더 신나고 즐거웠다. 잔치가 열리면 어김없이 동네 사람들과 음식을 나눠 먹었다. 집안에 경사가 생겼거나 집안의 누군가가 출세한 것을 알릴 때면 돼지와 소를 잡았다. 회갑이나 기념일에도 떡과 술을 돌렸음은 물론이다.

서울살이도 크게 다르지 않음을 믿는다. 낯선 이를 경계하고, 수많은 사건 사고에 노출되어 있어 예전 시골살이의 그 맛을 느끼지 못한다 해도 우리네 삶은 맛있는 것을 나눠 먹고 좋은 이야기를 나누며 덕담하는 것으로 행복한 법이다.

영동시장에서 산 봉지엔 자연의 이야기가 들려있어 좋다. 시장에서 만난 분들의 의견을 들으며 내가 무슨 일을 어떻게 해야 하는지에 대하여 스스로 반문한다.

사람 사는 이야기를 가슴 속에 지닌 정치인 성중기의 발걸음이 진중하지만 따뜻한 이유이기도 하다.

생활 정치인의 자세와 태도를 익히려 나는 오늘도 영동시장으로 간다.

민들레

민들레는 내가 좋아하는 들꽃이다. 노란 꽃과 하얀 꽃이 피는데, 주위에 널리 퍼져서 피는 색은 노란 민들레가 많다.

자잘한 꽃잎이 모여서 다발처럼 피는 꽃송이가 앙증맞기도 하지만 민들레 이름 세 음절이 정겹다. '민'은 백성 민자 같고, '들'자는 들판을 연상케 하며, 찔레꽃 닮은 순이와 누이들을 떠 올리게 한다.

민들레는 씀바귀와 사촌이다. 생김새가 비슷한데 민들레는 앉은뱅이 풀이고 씀바귀는 키가 보통이다. 잎이나 뿌리에서 하얀 즙이 나오는데, 토끼들도 좋아하고 위장이나 소화기관을 보호하는 약제로 쓰이기도 한다. 봄에 어린 새순을 뜯어서 쌈으로도 먹고 찧어서 즙을 내어 마시는데 해독 작용이 탁월하다는 사실은 널리 알려져 있다.

민들레는 가수 조용필 덕분에 일편단심 꽃으로 알려졌다. 바람결에 씨앗이 날려 먼 곳으로 떠날지라도 기다림의 시간을 접어 그때와 같은 꽃을 피우겠다는 지조를 노래했다. 인구(人口)에 널리 회자(膾炙)되어 불리는 것은 노랫말의 의미와 리듬이 친숙하기 때문이리라.

또한, 민들레꽃은 이해인 수녀님의 첫 시집 덕분에, 그리고 찻집 형태의 대중문화 공간 카페 덕분에 더 유명해졌다. 그 이름이 '민들레 영토'였다.

'노오란 내 가슴이 하얗게 야위기 전 그이는 오실까?' 이런 수녀님의 시는 신성과 인성을 아우르는 민들레들의 진솔한 기도이다. 수녀님은 평생을 하느님의 심부름꾼으로 살면서 낮은 곳으로 임한 분이시다. 가난한 이들의 친구가 되고 아픈 이들의 손발이 되어주신 수녀님의 기도를 잔잔히 되뇌어 본다.

그렇게 노란 민들레가 길가에 피면 병아리 떼들이 봄나들이 소풍을 나온 것 같았고 긴 꽃 대롱에 홀씨를 품은 모습은 바람의 딸 같은 이미지를 떠올리게 한다. 민들레는 땅을 환히 밝히는 봄꽃이고 길가에 앉은 나비였고 보도블록 위로도 봉긋이 돋는 끈질긴 생명의 꽃이다.

내가 부르는 유행가 중 가장 가곡처럼 부르는 노래가 '일편단심 민들레'인데 시민들의 봉사자로 일하며 나는, 한 송이 노란 민들레로 피고 지고 싶다. 민들레처럼 낮은 자세로 내 이웃들의 삶과 생활과 이야기를 살피고 싶다.

가장 따뜻한 난로

상강이 지나면 난로를 꺼내 닦는다. 서리가 내리고 찬바람이 옷깃을 여미게 하면 습기로 눅눅하고 무더운 여름 내내 녹슬었을 난로를 닦고 기름칠을 한다. 요즘 아파트는 냉난방이 버튼 하나로 이뤄지지만, 아직도 난로는 겨울용품으로 꼭 필요하다.

난로는 과학기술의 발전을 대변할 만큼 다양한 방식과 형식으로 변해 왔다. 그리고 사람이 주거하는 공간의 온도를 유지해 주는 난방설비 기술에 따라 냉난방 겸용 설비도 다양하다.

어릴 적 고향 집에는 화로가 있었다. 화롯불은 숯이 최고였다. 방 윗목에 놓은 화롯불은 난방기능도 했지만, 긴긴 겨울밤, 밤과 고구마를 구워 먹는 포터블(휴대용) 요리기구 역할도 했다. 학교 교실에도 커다란 난로가 있었고 연탄 가루를 주물러 만든 갈탄을 태우거나 장작을 넣었다. 배급받은 연료가 바닥이 나면 학생들은 당번을 정해서 돌아가며 난로에 넣을 연료를 구했다. 솜씨 좋고 깔끔한 석이 아버지는 품질 좋은 장작을 맞춤으로 쪼개 가지런히 묶어 보냈고, 엄마와 둘이 사는 수야는 솔방울을 한 자루 지고 왔다. 더러 당번을 잊고 삭정이와 흙 묻은 둥치를 끙끙대며 들고 오는 충원이는 친구들을 웃겼다.

연탄이 연료로 많이 쓰이고 구들장이 온돌에서 보일러로 변하며 난로는 줄었지만, 전기난로, 석유 난로, 벽난로 형태로 변했다. 이렇게 난로가 기술에 따라 다양한 형태로 바뀌었다고 동지섣달 겨울밤이 후듯하고 따뜻해졌을까? 그것은 아니다. 사람들이 느끼는 추위는 기온 차이 추위와 외로움이라는 이름의 추위가 있기 때문이다.

아무리 성능 좋은 난로를 가지고 있다 한들 다정한 사람, 사랑하는 사람이 곁에 없으면 가슴은 시리기 마련이다. 반면에 난로가 없을지라도 가슴 따뜻한 사람이 함께하면 엄동설한도 후듯하다. 사람이 가장 따뜻한 난로이기 때문이다.

나는 난로 같은 사람이 되고 싶다. 곁에 있으면 훈훈한 기운이 저절로 우러나는 사람, 누구에게나 온기를 나눠주는 그런 사람이 되려 한다.

음악 여행(뮤직 로드)

나는 외국 여행을 가면 아름다운 자연경관이나 건축물, 박물관을 둘러보기보다는 음악가의 생가나 음악당을 찾아가 그 발자취를 더듬는다.

그중에서도 독일 여행은 특별했다. 독일에는 베토벤을 비롯해 바흐, 브람스, 슈만 등 이루 헤아릴 수 없는 음악가들이 태어나고 자랐다. 학창시절에 배운 음악의 아버지와 어머니가 독일 출신이다.

독일 음악가의 생가나 음악당을 찾아가면 그들의 삶과 음악에 푹 빠질 수밖에 없다. 즉, 유명한 작곡가나 연주자들이 훌륭한 곡을 만들고 연주하게 된 스토리를 보여주고 들려준다. 그 스토리 안에는 절절한 사랑 이야기도 아롱지고 가난한 음악가의 곤궁한 애환도 멜로디 되어 흐른다.

내가 음악을 좋아하고 노래를 즐겨 부르다 보니 외국 여행의 패턴도 뮤지컬 풍이라 할 수 있다. 이런 여행을 다녀오면 구경만 하고 온 것이 아닌 음악연수라도 다녀온 것처럼 그 여운이 오래 가게 된다. 하이네의 시를 노래한 로렐라이 언덕에서 불러 본 그 음률은 내 마음을 더 정겹고 그윽하게 해 주었다.

우리나라의 음악 현실에 대해 안타까움도 있다. 우리나라에도 수많은 음악가가 저마다의 특색으로 노래하고 있다. 특히 요즘에는 세계적인 젊은 연주가들과 성악가들이 세계무대를 주름잡고 있다.

그런데 과연 외국인들이 한국에 여행 와서 한국 출신 유명 음악가의 발자취를 더듬어 볼 수 있는 인프라가 얼마나 구축되어 있고 그런 음악가를 찾아 여행하는 관광객은 얼마나 되는지 성찰해 보아야 한다.

지금 K-pop은 선풍적인 인기를 끌고 있다. 특히 방탄소년단을 비롯한 젊은 가수들이 빌보드 차트 1위를 달성한 기록도 새롭다. 또한, 섬집아기, 오빠 생각, 보리밭, 그리운 금강산 등 수많은 동요와 한국 가곡이 세계적으로 사랑을 받고 있다. 그런 한국의 음악과 음악가들을 널리 알리고 관광 자원화하는 치밀하고 섬세한 노력을 해야 한다.

눈만 즐겁게 하는 여행은 후진적 여행이고 관광이다. 눈과 더불어 귀와 입, 그리고 마음과 정서까지 흡족하게 해 주는 여행과 관광이 선진 관광이고 우리나라와 우리 정서를 제대로 보여주는 관광이다.

강남구에 한국을 대표하는 음악당을 만들고 한국 대표 음악의 발자취를 함께 걷는 뮤직 로드를 활짝 열어보고 싶다. 국악과 성악, 한국의 모든 유행 음악들이 함께 모여 진정한 크로스오버의 새 장을 여는 그런 뮤직 로드를 만들고 싶다.

필사즉생 순례길

스페인의 산티아고 순례길은 유명하다.

'산티아고 순례길'이란 예수의 열두 제자 중 한 명 '야고보'의 유골이 안치된 산티아고 데콤포스텔라 대성당에 이르는 800㎞ 기독교 순례길을 말한다. 널리 알려졌기에 전 세계인이 찾는 길이다.

우리나라에는 왜 이런 순례길이 없을까 아쉬워하던 차에 인터넷에서 읽었던 칼럼이 떠올랐다. 그 칼럼의 요지가 겨레 사랑 평화 사랑의 필사즉생 순례길이다.

'필사즉생 필생즉사'는 충무공 이순신 장군께서 열두 척의 배로 삼백 척이 넘는 왜군과 절체절명 필사 항전을 앞두고 남긴 명언이다. 즉, 필사즉생의 순례길은 이순신 장군의 나라와 겨레, 그리고 인류평화를 염원한 박애주의 사랑의 길을 만들어 걷자는 것이다.

그 길은 충무공 이순신 장군의 임진왜란 23전 23승의 승전지 길을 걷자는 것이다. 거제도 옥포만의 옥포대첩 승전지를 출발해 당항포, 사천포, 한산섬 등 승전지마다 아로새겨진 충무공 정신과 가르침을 배우는 순례길이다.

이 필사즉생의 순례길을 묵묵히 걸으며 충무공 이순신 장군께서 행하셨던 일들도 직접 체험하면 더 의미 있다. 거북선을 타고 직접 노를 젓는 체험도 가능하고, 한산섬 달 밝은 밤에는 수루에 홀로 앉아 나라와 겨레를 생각하는 시를 한 수 지어 보는 것도 운치가 있다. 또한, 통영 서피랑 망대에서 조선 수군의 복장에 큰 칼을 차고 수문지기를 몇 시간 해보는 것도 좋고 활쏘기 대회에 참가하는 것도 좋다.

요즘 우리나라엔 둘레길이 많이 생겨 지역민들의 걷기 코스로 각광을 받고 있다. 관광지일 경우 더 그렇다. 이렇게 조성된 둘레길을 연결하면 된다. 그리고 연결된 둘레길 곳곳에 아롱진 역사를 더듬어 보면 된다. 충무공 이순신 장군의 숨결을 깊이 들여 마시며 충무공의 결기를 되짚어 보면 되는 것이다.

길은 사람이 만들었지만, 누군가 지나가면서 길이 되기도 한다. 그 길을 너와 내가 걷고 우리가 걸으면 더욱 단단해진다. 길에게도 이름을 붙여 주고, 의미를 부여해 주면 그 길은 생명력을 얻는다.

스페인의 산티아고 순례길처럼 의미 있고 아름답고 숭고한 가치를 되새기는 필사즉생의 순례길을 걷고 싶다.

수철이의 눈물

살면서 우리는 많은 인연을 만들어간다.

그 인연 중에 좋고 나쁜 인연을 구분하는 것은 어려우나, 오랫동안 기억나는 고마운 사람으로 남았으면 좋은 인연이 아닌가 싶다.

우리는 해병대에서 처음 만났다. 헌병으로 군 복무를 하며 제대를 6개월 정도 남겨 놓은 시점에 같은 내무반에 들어온 수철이는 똑똑했고 매사에 똑 부러지는 성격이 먼저 내 눈에 띄었다. 헌병 선발 기준이 제법 까다로운 편인데, 키 크고 준수한 외모에 경호와 무술이 되는 사람이 우선 선발 대상이다. 수철 후배는 어느 하나 빠지는 데가 없는 참으로 수려하고 멋진 젊은이였다. 고참과 신병이 2인 1조로 움직일 때 우리는 같은 조가 되었다. 근무하면서 서로의 고향과 사회생활, 미래의 꿈과 비전 등 많은 이야기를 나누면서 특별한 인연을 쌓았다.

야간 근무를 하게 되면, 신병은 밖에서 정신 바짝 차리고 보초를 서지만, 말년이 되는 고참은 막사 안에서 졸기도 하지만 우리는 영어공부를 했다. 그 당시 유명하던 '○○○ 생활영어' 문장을 외우고 서로 문답하면서 근무 시간을 활용한 것이다. 후배는 "근무보다 선배님이 주시는 영어시험이, 영어공부가 더 어려웠다"라며 그때를 자주 회상하곤 했다.

해병대의 선후배 관계는 엄격하면서도 그 정이 돈독하다. 생사고락을 같이 한 전우의 우정과 고된 훈련을 통해 쌓은 선후배의 신뢰가 바탕에 깔려있기 때문이다. 제대 뒤에도 우리는 만남을 가졌고 저마다의 삶을 열심히 살아가는 동안 30여 년의 세월이 흘렀다.

선출직에 출마하면서 사람의 인연에 대하여 다시 생각하는 계기를 만났다.

2014년, 내가 서울시의원 선거에 출마하게 되었다. 어디서 소문을 들었는지 수철이가 찾아왔다.

"오직 선배님의 당선만을 위해 자원봉사 하겠으니 허락해 주십시오."

"이봐~ 신 해병, 자네나 나나 둘 다 선거에 대해서는 아무것도 모르지 않는가?"

"아무것도 바라지 않습니다. 그냥 옆에서 돕겠습니다."

"두 바보가 선거를 망치는 거 아닌가 몰라!"

수철이의 간절한 눈빛에 말은 그렇게 했지만, 속으로는 걱정이 태산이었다. 다른 쪽에서는 선거 경험이 많은 유능한 참모를 구해주겠다며 만남을 주선하고 있었다. 나는 걱정 반 고마움 반의 솔직한 마음을 수철이에게 전했다.

"아무래도 경험 있는 분의 도움을 받는 것이 좋을 듯싶네. 나도 안심이 되고!"

"저는 심부름하며 곁에 있겠습니다. 설사 선배님이 거절하셔도 저는 무조건 껌딱지입니다."

이렇게까지 말하는 후배를 내칠 수 없었다. 수철이는 친구 한 명도 데려왔는데 둘은 업무를 분담하여 그 친구는 운전을 맡기로 했고 수철이는 잡다한 일을 맡기로 했다.

수철이의 집은 인천이었다. 가까운 거리가 아니었지만 5시면 출근하여 사무실 청소부터 난로를 피우고 서류를 챙기는 등 모든 준비를 마쳐 놓았다. 사무실과 10분 거리에 살던 나는 6시면 출근을 했는데 먼 거리에 살면서도 나보다 일찍 오는 것을 보며, 근면 성실과 부지런함이 보이는 듯했다. 수철이는 내가 출근하자마자 하루의 일정을 체크하고, 유권자를 만날 만반의 준비며, 그날 사용할 명함을 잘 챙겼다. 방문하는 손님의 차 심부름은 물론, 원하는 자료며 일거수일투족을 낱낱이 챙겼다.

우리는 아침마다 운동화의 끈을 조이면서 파이팅을 외쳤다. 같이 지내면서 점점 더 수철이의 매력에 빠졌다. 매사에 한 치의 빈틈없이 나를 수행하고, 주변을 살피면서 대응하는 대단한 실력자란 사실을 알게 되었다. 내가 미처 챙기지 못한 부분을 수철이는 다 알고 있었고, 선거를 준비하는 과정에도 스스로 공부하고 자료를 모으고 합리적인 홍보 방법 등을 준비해 주었다.

나는 선거의 전 과정을 수철이에게 의지하고 도움을 받았다. 수철이는 원래의 인격도 훌륭했지만, 해병대 헌병으로 차출된 정예 멤버의 자질이 더해져서 그의 능력이 더욱 출중하게 빛나지 않았나 싶다.

후보를 위해서 무엇을 어찌 해야 할지를 잘 아는 사람이 옆에서 일거수일투족을 모두 살피고 챙겨주니 나는 전심전력을 다 해 유권자를 만났다. 덕분에 경선에서 최다득표를 획득하여 우리 당의 후보가 되었다. 본 후보 등록 시점 마지막 날까지 상대 당의 후보가 등록하지 않아 선관위로부터 무투표 당선이라는 소식을 들었다.

사실 나로서는 처음 치루는 선거였다. 당내경선은 책임당원이 직접 투표하는 방식이다. 경선 시점에 다른 후보는 시·구의원 경험이 있는 분이셨기에 책임당원도 많이 알고 있었지만 나는 책임당원을 확보할 수가 없는 입장이었다. 정말 어려운 여건에서 시작한 선거였다. 경선에서 이길 확률이 극히 희박한 줄 알고 있었지만 우리는 최선을 다했다. 결국, 경선에서 1등을 하게 된 배경에는 수철이 같은 후배들이 나를 도와준 결과라고 믿고 있다.

당선증을 받고 많은 분이 축하해 주기 위해 선거사무실에 모이셨다. 당선 소감을 말하는 자리에서 "내가 이 자리에 서도록 밤낮으로 그림자처럼 경호하고 눈동자처럼 지켜준 후배가 있었기에 가능했다"라며 감사를 표하자 수철이는 감동의 눈물을 흘렸다.

그런 수철이를 보며 내 가슴에도 뜨거운 눈물이 차올랐다.

선거가 끝나고 수철이는 바람같이 사라졌다. 내게 부담을 줄까 봐 자신의 본업으로 돌아가겠다는 기별만 왔을 뿐이었다.

2년 뒤 국회의원 선거에서 내가 후보자를 보좌하게 되었을 때 또 나타나서 힘껏 뛰어 주었다.

2018년 재선 선거를 치를 때도 번개처럼 나타나서 나를 도왔다. 나는 수철이만 있으면 천군만마를 얻은 듯 든든했다.

언제나 그랬듯 후배는 나에게 누가 될까 매사에 조심하고 말 한마디 함부로 내뱉지 않는다. 다른 사람에게 나와 잘 아는 사이라는 말도 하지 않는다.

그런 후배가 내게 원하는 것은 딱 한 가지다. 바른 의정활동을 하는 멋진 선배로 남는 일, 그뿐이다.

수철이 같은 후배가 내 곁에 있으니 나는 복 받은 사람이다. 우리는 좋은 인연, 오래 가는 인연의 표본 같은 관계임이 분명하다.

오늘이 가고 나면

경남 고성군 동해면 촌놈이, 서울시 강남구 청담동 주민의 의견을 위임받아 대변하는 일꾼이 되기까지의 하루하루는 치열했다. 내가 살아온 나날은 부유한 집안에서 태어나 부모님의 보살핌으로 자란 유복한 사람들과는 비교할 수 없을 정도로 열악했다. 그리하여 좀 더 윤택한 삶, 성장하는 삶, 내 꿈을 이루는 삶을 위해 열심히 달려왔다.

그렇다고 물질적 풍요만을 쫓아온 것은 아니다. 공부하고 사색하고 사유의 숲에 머무는 시간도 길었다. 정신이 건강하고 생각이 반듯한 이웃들을 만나고, 과거에 머무르지 않고 미래를 향해 뚜벅뚜벅 걸어가는 지인들과 교류하며 배움을 쌓았다.

지금의 내가 '유별스럽다'라는 말까지 들으며 노래를 부르는 것도 '열심히 최선을 다해 살자'라는 자기 암시를 노래로 다독거린 습관이 아닌가 싶다. 노래는 부르는 환경이나 자리에 따라 의식의 노래가 되기도 하고 다짐의 약속이 되기도 했다.

허리가 끊어질 만큼 짐 탐을 부린 지게를 지고 가며 이를 악물고 부르는 노래는 해병대 훈련소에서 악과 깡으로 부른 군가였고, 고향 땅에 영면하신 아버님과 작은 형을 생각하며 부른 노래는 간절한 기도였다.

나는 날마다 일기를 쓴다. 요즈음엔 스마트폰에 앱을 깔아서 메모를 하거나 카톡에 내용을 적어서 나에게 보낸다.

내가 일기를 쓰게 된 직접적인 계기는 청년 시절에 읽은 『난중일기』 때문이다. 내 고향 마을을 임진왜란의 성지로 만들어 주신 충무공 이순신 장군이 특별한 사람이 아닌, 이웃 아저씨처럼 느껴졌기 때문이다. '같은 지역에서 두 번이나 왜선을 크게 무찌른 당항포 해전은 이순신의 주도면밀한 작전계획에 의한 것이었다.'라는 백과사전의 표기처럼 왜적을 유인하여 크게 승리한 해전이 우리 동네 앞이라니, 어쩌면 내 선조께서는 아군에게 곡식을 제공하거나 해전에 도움 되는 무슨 일을 하셨는지도 모른다. 이웃 마을은 '막개'란 지명을 쓰는데 임진왜란 때 병사들의 막사가 있었다는 기록도 현존하는 걸 보면 말이다. 이순신 장군의 승리 뒤에는 기록하는 습관과 기록을 통해 지형지물을 활용하는 지혜가 뒤따랐다니, 나 또한 기록의 중요함을 깨우치게 된 것이다.

내 일기는 살아온 나날의 기록장이기도 했지만, 순간순간 내 앞길을 가로막았던 역경들을 극복한 인생 드라마의 극본이기도 하다. 일련의 과정에서 겪은 이야기와 눈물이 나를 더 담금질해 주었고 분발시켜 주기도 했다. 또한, 노랫말로 아릿아릿 피어나기도 한 것이다. 짬짬이 내 수첩에 적었던 노랫말이 어쩌면 충무공 이순신 장군의 '한산섬가'처럼 고요한 달밤에 나를 태워주었던 '일성호'가 되어 나를 노래 부르게 했는지도 모른다.

오늘이 가고 나면 당연히 내일이 온다. 그런데 가만히 보면 오늘이 있어야 내일도 어제도 오고 가는 것이다. 즉, 오늘이 중요하고 지금이 귀하다는 마음으로 나는 살았다. 뮤지컬 '지킬 앤드 하이드'의 지금 이 순간의 가사처럼, 존재하는 매 순간이 날마다 소중하다.

내가 파도 소리 찰랑이는 경남 고성 동해 포구 갯마을의 한 마리 갈매기로 태어나 강남스타일의 중심지 청담동에 살고 있는 것도 우연이 아니다. 지역민들을 위해 일하는 사람이 된 것도 결코 우연이 아니다. 내일을 향해 건너가는 징검다리가 되는 어제가 귀한 날이었으며, 땀 흘리고 정성을 다하는 오늘이 가장 소중한 날인 것이다.

나를 낳아 키워주신 고향의 부모님과 형제들은 나의 어제라고 말할 수 있다. 나를 가르쳐 주시던 선생님, 장난치고 공부하며 뛰놀던 친구와 내 존재를 인정해주던 친척들도 어제에 속한다. 내 말에 웃고 공감의 손뼉을 보내는 지금의 내 이웃들과 지인들이 오늘의 공간 속에 계신다면, 노래하며 이웃들과 손잡고 나아갈 내일은 모든 분과 더불어, 함께 할 것이다.

어제가 없이 밝은 오늘이 있을 수 없고, 오늘이 있기에 내일은 환한 얼굴을 드러낼 것이다. 어제의 교훈을 경험치로 오늘을 열심히 살아간다면, 내일은 어떤 모습을 보여줄까? 그 모든 것은 나에게 주어진 나의 몫이다. 어떻게 살 것인가? 어떻게 살아갈 것인가? 내게 주어지는 날마다의 명제를 피하지 않고 당당히 맞서는 일, 고민하며 생각하는 삶을 사는 일, 나의 나날은 밀봉해 둔 약속을 하나씩 풀어가는 중이다.

인간에 대한 예의

　나는, 최빈(最貧)의 시골에서 부촌(富村) 청담동까지 진출하였다. 경제적인 논리로 치면 양극단을 경험한 사람이다. 그만큼 삶의 간격이 넓지만, 양쪽 모두를 아우를 수 있는 힘을 비축한 사람이라고 자부한다. 가난한 어부의 아들로 태어나 지독한 가난을 경험해 보았고, 하던 일의 성공으로 자수성가의 성취를 얻었다. 경험치는 많은 것에 우선하여 앎과 이해를 보장한다. 경험치가 높다는 것은 내면에 그만큼의 실속을 가졌다는 말과 같다.

　어린 날 내 눈에 비친 도시는 대단하고 깊은 심연이었다. 모든 것이 새로움이고, 대단하고, 으리으리했다. 하루빨리 가난한 시골에서 벗어나 번쩍거리는 도시로 나가고 싶었다.

　고등학교에 진학하면서 중소도시로 나왔고 대학은 대도시에서 다녔다. 직장을 다니다가 사업을 시작했고 CEO가 되어 대학원 공부와 박사 학위까지 받았다.

정치에 발을 딛게 되었고 재선의 시의원이 되어 2021년 3월 현재, 국민의 힘 소속의 서울시 시의원으로 재임 중이다.

도시에 살면서 보니, 정치를 하면서 보니, 사람 사는 이치는 그곳이 어디든 크게 다르지 않고 비슷한 것이란 사실을 알게 된다. 상대방으로부터 원하는 것을 듣고 내가 추구하는 목적과 서로 타이밍이 맞을 때 원하는 결과가 도출된다. 가난과 풍요, 둘의 합치에 인간에 대한 믿음과 배려를 넣어 많은 것을 이루어낸 것이다.

내가 가난을 벗고 자수성가의 길을 걷는 과정에는 사람이 있었다. 내 진심과 능력을 인정하고 믿어주는 사람들을 만나, 내가 원하는 나의 길을 걸어왔다. 가진 물질은 부족했지만 내 정신의 잠재력은 무한대로 확장되어 있었기에 가능했다. 물론 사업은 성공과 실패의 파고를 겪기 마련이다. 실패를 통하여 더 나은 방향으로 진행하는 키를 잡을 수 있으며, 성공이란 목표에 도달했을 때 성취의 기쁨을 만나게 된다. 세상에 존재하는 어떤 실패와 성공에도 완벽함은 없다. 또한, 완결도 없는 법이다. 성공과 실패는 뫼비우스의 띠처럼 끊임없이 이어지며 같은 선상에 존재하는 양면성이다.

내가 살아온 과정은 수많은 결단의 연속이었다. 내 능력을 간파하고 같이하자며 붙잡는 직장을 떠날 때도, 새로운 일을 만나 매진할 때도, 기업체를 인수합병 할 때도, 모든 일에 결정의 순간이 있었다. 그럴 때 나는 사람을 본다. 그 사람과 같이 일할 수 있을지, 믿을 수 있는지, 비전은 무엇인지, 발전 가능성은 어디에 있는지를 살핀다.

그중에 우선순위는 '인간에 대한 예의'이다. 일과 비즈니스보다 더 중요한 것이 '인간에 대한 예의'이기 때문이다. 모든 일은 사람이 만든다. 상대에 대한 배려와 따뜻함, 공감하는 능력과 상대방의 말을 들어주는 순한 귀를 가진 사람이면 무슨 일을 하든 좋은 결과로 귀결되기 마련이다.

나는 운이 좋은 사람이다. 그렇지만 저절로 그 운이 찾아온 것은 아니다. 좋은 운을 만나기 위해 노력하고 기다렸다. 또한, 기회가 왔을 때 놓치지 않고 확실한 내 것으로 만들었다. 좋은 운을 준 내 이웃의 모든 분께 감사하다. 내가 이룬 것들이 좋은 쪽으로 쓰이길 희망한다. 다른 사람을 배려하고 나눔하고 인간에 대한 예의를 지키는 것으로 내 삶의 그림을 그리고 싶다.

2021년의 나는

나는 사고(思考)의 지평을 열고자 항상 노력했다. 머무르지 않고 계속 움직이며 흐르는 물살처럼 살았다. 어느 한순간도 느슨하지 않고 자신을 경계하며 살았다.

시의원으로 활동하면서 보람도 있었고 황당한 일을 겪을 때도 있었다. 민원인의 주문대로 해결에 힘쓰다가 오히려 내가 상처받을 때가 종종 있다. 잘 처리해주면 다음 건을 주문하고 무리한 요구를 해 올 때가 있다. 그 페이스에 말려들면 더 많은 것을 원하고 "해 주기로 약속해 놓고 왜 안 해 주느냐?"고 생떼를 쓰기도 한다. 무조건 민원인의 말을 믿고 덤비다가 오히려 망신을 당하고 함정에 빠진 일도 있었다.

민원인과 공무원 사이에서 균형을 잡아주고, 적정선을 넘지 않는 중립적 자세가 필요하다. 민원인은 자신이 원하는 대로 문제가 처리되지 않을 때 즉각 반응하며 문제의 화살을 상대방에게 쏟기도 한다. 그래서 가끔 민망한 경우가 생기기도 한다.

"당신이 왜 공무원 편을 드느냐? 민원인 편에서 노력해야 하지 않느냐?"

"나도 당신의 문제 해결을 위해 노력했지만, 그 일은 처음부터 문제가 있더라. 이런 식으로 해결할 수 있는 일이 아니다. 다시 처음부터 진지하게 접근하시라."

"당신이 해결해 주기로 약속했지 않느냐, 약속했으니 무조건 지켜야 한다."

"노력해 보겠다는 말을 약속의 말로 받아들이는 건 무리가 있다."

초선 시의원이었을 때는 민원들과의 문제로 고민이 깊었다. 밤낮없이 전화를 걸어와 문제를 해결해 달라고 생떼를 쓰는 민원인도 있었다. 하루는 민원인과 통화하는 것을 듣던 딸이 내게 말했다.

"그건 아빠가 만든 거예요. 민원인의 사연 속에 너무 깊이 관여한 것 같아요."

지금은 양쪽의 의견을 들어보고 사실 확인을 한 뒤에 조언해 주는 정도다. 민원인의 일을 당사자가 직접 해결하도록 연결해주며 어려울 때 꼬인 매듭을 풀어주는 정도면 충분한 것이다.

나는 4년짜리 선출직 공무원이다. 어쩌다 된 공무원 '어공'이며 시민이 만들어 준 공무원 '시공'이다.

그러나 국가직으로 뽑힌 공무원은 평생 직업으로 부득이한 사유가 발생하지 않는 한 정년까지 공무원으로 일하게 된다. 지금까지 내가 느낀 바로는 국가공무원들의 능력은 탁월하며 진심으로 시민들을 위하며 자신의 일에 대한 자부심이 높다는 것이다. 공무원이 되기 위해 많은 공부를 했고 공무원의 자세를 다잡으며 매사에 적극적으로 노력하고 있다.

국가공무원은 규정대로 일함을 원칙으로 한다. 때로는 현장에서 발생하는 일이 규정대로 처리하기에는 모호하거나 문제점이 생기기도 한다. 그때 합리적으로 판단하고 효율적으로 일할 수 있어야 한다. 행정적으로 낭비 요소가 없는지 살피고 적극적으로 대응할 필요가 있는 것이다. 가끔 공무원을 상대로 윽박지르거나 무리한 요구를 하는 민원인을 만날 때도 있다. 행정 낭비는 물론 피해는 민원인의 몫이 되는 경우가 대부분이다. 어떤 일이든 무리하게 처리하면 문제가 생기기 마련이다. 지역사회 발전과 갈등 해소와 문제 해결을 위해서는 대화를 통한 소통이 무엇보다 필요하다.

선출직은 시민들이 뽑아주므로 시민들의 의견을 경청하고, 시민들은 자신들을 위해 일하는 공무원에게 감사하며, 공무원은 예산을 심의하고 조례를 입안하는 선출직을 배려하게 된다. 민원이 생겼을 때 공무원은 행정업무에 대한 설명과 이해를 담당한다. 양쪽의 견해를 듣고 소통을 통해 해결 방법을 함께 찾아가는 일이 선출직의 몫이다. 삼각형의 꼭짓점처럼 각자의 입장이 서로 다른 지점에 존재하지만, 합의점을 찾으면 결국은 화합과 문제 해결의 지평이 열리게 된다.

'정치는 사람을 움직이는 생물이다.'

이 문장은 내가 시의원직을 맡게 되며 발견한 문장이다. 정치는 어느 한 군데 머무르지도 고여 있지도 않다. 끊임없이 변화하고 어디로 움직일지 예측 불가한 공과 같다. 다행히 어느 쪽으로 힘을 넣으면 어디로 나아갈지 막연한 추측은 가능하다고나 할까, 그러나 가끔은 전혀 다른 결과로 나타나기도 하니까 재미있는 일이다.

내가 정치에 입문하고 나서도 가장 중요한 것은 사람이라는 것을 알았다. 그러니까 내가 태어나서 성장하고 일하고 사업하고 정치하는 모든 과정에 사람이 있다는 것이다. 사람, 그중에서도 나와 인연을 맺고 관계를 맺은 사람들에 의해 내 일과 정치는 이뤄지고 성·패가 갈리게 된다.

사람과의 관계를 어찌 관리할 것인가. 이 어렵고도 답이 없는 문제에 부딪히면 내 답은 한 가지다.

'정직하게 있는 그대로 정면 돌파하는 일, 믿음을 드리고 믿음을 구하는 일이다.'

나는 오늘도 강남대로에 서서 사람들을 만난다. 한강을 건너온 차들과 바람을 만난다. 차에도 사람들이 타고 있고, 불어온 바람에도 사람들의 소식이 담겨있다. 강남대로를 지나가는 사람들의 숱한 사연과 이야기에 따뜻한 봄바람이 감겨왔으면 좋겠다.

통일, 겨레의 한결같은 꿈

나뿐만이 아니라 우리 겨레의 한결같은 꿈이 있다. 통일이다. 나는 하루빨리 우리나라가 통일되어 동강 난 조국의 허리를 다시 잇고 한 핏줄이 분단되어 그리워 한 지난 70여 년의 한을 풀 수 있게 해달라고 하나님께 간절히 기도한다.

분단의 아픔을 겪은 독일은 통일을 이루어 화합과 동행의 길을 걸어가는데 왜 우리나라는 아직도 서로 불식하고 반목할까? 나는 우리나라의 통일을 가로막는 몇 가지의 고질병이 있다고 생각한다.

첫째는 온 겨레가 공감하고 찬동할 통일의 기준이 없다. 그것은 무엇보다도 정치인들의 책임이 크다. 국민에게 가장 바람직한 통일의 비전과 그 비전을 현실화시켜 나아갈 목표와 방안을 제시하지 못한 채 통일을 정권 쟁탈과 장악, 그리고 정권 유지의 도구로 전락시킨 것이다.

그러다 보니 정권이 바뀔 때마다 통일로 가는 길도 조삼모사로 바뀌고, 통일의 대상인 북한 동포나 정권을 대하는 태도도 돌변한다. 전 국민의 통일을 바라는 이상과 비전이 일치하지 않는데, 수단과 절차가 통일되지 않았는데, 통일의 기본이 없는데 어떻게 통일을 완수할 수 있단 말인가?

자유민주주의 체제 통일이 아닌 변형된 연방제 통일을 운운하는 해괴한 주장이 등장하고 선거 때마다 돌개바람 같은 북풍이 불기도 한다.

두 번째는 통일의 주체가 반드시 정권이 아닌 국민과 인민이 되어야 한다. 이는 통일이 남북한 정치 권력을 위한 통일이 아니라 남한의 국민과 북한의 인민들을 위한 통일이어야 한다는 말이다.

지금 북한 정권은 역사적으로 그 어느 정권보다도 악행을 저지른 독재 정권이다. 히틀러가 유태인을 학살한 인원보다도 더 많은 우리 동포를 6·25전쟁으로 살상했으며, 지금도 정치범 수용소에 가두거나 굶기고 있다. 이런 독재자와 그 독재 집단을 위한 통일은 민족반역이다. 그런 정권에 머리를 조아리고 구걸을 하는 것은 그들이 자행한 악행에 동조하는 것과 다름없는 사악한 작태다.

즉, 우리나라의 통일은 북한 동포들을 독재자의 폭정으로부터 구원하는 비전과 목표를 가져야 한다. 그리고 통일의 구체적 방안도 북한 독재 정권의 구미에 맞는 것이 아니라 북한 동포들이 염원하는 방안이 되어야 한다.

셋째는 우리나라의 통일장전을 제정해 전 세계에 선포하는 일이다.

통일의 기본과 기준을 제정해 온 겨레와 만방에 선포하고 정권이 바뀔지라도 그 통일의 원칙에 충실한 정치를 해야 한다. 나는 이를 우리나라의 '통일장전'이라고 말하고 싶다. 이 통일장전은 온 겨레의 중지를 모아 최선의 장전으로 만들어 국민투표로 확정해 전 세계에 선포하고 협조와 지지를 받아야 한다.

나는 그동안 서울시 의회 의원으로 일하며 가장 잘한 일이 탈북한 태영호 공사가 지난 국회의원 선거에서 당선되도록 앞장서서 지지한 일이라고 생각한다. 북한을 탈출해 대한민국의 품에 안긴 동포들은 우리나라가 어떻게 통일해야 하는지를 실질적으로 보여주는 실체이다. 또한, 탈북민들이 남한에서 이방인의 삶이 아닌, 보다 주체적이고 적극적으로 정치에 참여할 길을 열어보자고 함께 노력했다. 뜻과 생각이 같으면 함께 발맞추어 나갈 수 있다는 사실을 현실로 보여준 셈이다. 10년이 걸리든 20년이 걸리든 통일을 위해 함께 깃대를 올려야 한다.

남한에서 정치 무대에 선 그들이 북한 정권 치하에서 경험한 일들을 남한의 국민도 겪도록 하는 통일이 되어야 하는지 아니면 북한을 탈출한 동포들이 남한에서 누리는 자유를 온 겨레가 공유하도록 하는 통일이 되어야 하는지를 실체로 증명하고 있다.

역사상 가장 생지옥 같은 독재 정권 치하에서 핍박을 당하고 있는 북한 동포들의 인권을 위한 유엔 결의에 기권하는 자나 정당이나 지도자는 자유민주주의를 누릴 자격도 없다. 북한 동포들의 생명보다 북한 독재 정권의 눈치가 더 겁나는 비겁자다.

나는, 북한 동포들이 하루빨리 자유민주주의 체제에서 인간의 기본권인 자유를 누릴 수 있도록 우리나라의 통일을 위한 한 알의 밀알로 살아가게 해 달라고 빌고 있다.

작사 노트

美的 거리

한 발 떨어져 보면 아름다운 것들

아름다움을 유지하기 위해서 우리 한쪽 팔 간격은 떨어져요.

그리움을 지켜내기 위해서 우리 한소끔 시간을 끓여요.

기다림을 참아내기 위해서 우리 한 발자국 거리를 두어요.

사랑사랑을 간직하기 위해서 우리 한 뼘 천천히 걸어요.

내 고향 좌부천 포구가 가장 아름다운 곳은 동진교 어귀를 막 돌아가
는 산마루쯤이다.

당항포 어귀에 윤슬(달빛이나 햇빛에 비치어 반짝이는 잔물결)이 주렴처럼 물
결위에 수를 놓고 그물을 걷어 오는 어선의 발동소리는 맑고 경쾌하다.
도안 바다를 지나 30분만 달리면 수평선을 만나게 된다. 수평선 저 너
머에는 오대양 육대주로 향하는 무한의 항해길이 펼쳐진다.

봄날 파릇한 잔디가 돋아난 운동장은 초록 융단을 깔아놓은 듯 곱다. 이웃한 보리밭은 파릇파릇한 잎새들이 열병하듯 함초롬하다. 들판의 모들은 어떤가, 비닐하우스 모판에서 비바람 몰아치는 야생의 논바닥으로 이사한 뒤 논바닥의 흙냄새를 맡은 후 연초록 트레이닝복에서 진한 쑥색 군복을 갈아입는 모습은 듬직하다.

그런데 멀리서 보면 이 아름다운 풍경들도 가까이 가서 쳐다보면 환상이 깨지는 경우가 많다. 초록융단처럼 보이는 잔디밭도 가까이 가보면 개똥, 소똥 천지이고 쑥색 군복이 바람에 출렁이는 논바닥도 가까이 서면 벼 아닌 피가 삐쭉삐쭉 자라기도 하고, 사람의 살을 뚫는 말거머리가 헤엄치기도 한다.

즉, 적당한 거리를 유지하고 바라볼 때 사물이나 관계나 풍경은 아름답게 보이기 마련이다. 그렇게 아름답게 보이는 거리를 '미적 거리'라고 부른다.

정치나 행정분야는 미적거리를 유지하는 능력이 다른 분야에 비해 더 필요하다. 지역 유권자들과의 관계도 미적거리가 필요하고 민원인들과 그 민원을 해결해 줄 행정부처 담당자들과의 관계도 미적 거리를 유지해야 한다. 그렇지 않으면 누구만 편애하는 시의원, 어느 지역만 챙기는 시의원, 누구하고만 자주 밥 먹는 시의원, 서울시 어느 부처만 혼내는 시의원이라는 오해 아닌 오해를 받을 소지가 다분하다.

시정이나 행정도 그 행정 서비스 대상인 지역 시민들과의 미적 거리

유지가 절대적이다. 본래 지방자치단체의 행정이 그 지역민들의 가려운 곳을 긁어주는 효자손이 되어야 하지만 모두의 의식주와 생활까지 케어하거나 챙기지는 못한다. 그중에서 독거노인, 소년·소녀 가장, 장애인 가정, 결손 모녀 가정, 저소득층 생활보호대상자 등을 돌봐주되 행정기관에 의탁하거나 기대어 독립심마저 포기하게 되도록 하면 안 된다는 생각을 해 왔다.

특히, 세상이 복잡해지고 관계가 다양해져 개인 정보와 삶의 영역을 보호해 줘야 하는 세상이라서 부부관계, 가족관계, 친·인척 관계, 직장 상사나 부하와의 관계, 친구들과의 관계, 그 밖의 이런저런 지인들과의 관계를 아름답게 이어가고 꽃 피우기 위해서는 더 겸손하고 절제하고 때로는 배려하는 마음, 용서하는 마음으로 다가서는 미적 거리를 간직해야겠다.

초록색이 물결치는 들녘이 황금 들판으로 여물고, 연둣빛 융단 잔디 밭이 금잔디 밭으로 물드는 것도 아마 농부와 논바닥의 미적 거리, 잔디밭과 그 잔디밭 위에서 쉬어간 인간들과의 미적 거리와 그 눈빛이 곱기 때문이 아닐까.

제비꽃 연정

제비꽃

1. 서울 도산대로에 팬지꽃이 줄을 서 있다.
   푸른 물 넘실대던 고향 바다 제비 돌아오면
   추억 담은 바구니 가득 보랏빛으로 피던 꽃
   초록 이파리 방석 같은 앉은뱅이 제비꽃 핀다.

2. 고향 떠나 강남으로 날아 온 제비 한 마리
   당항포 전투에서 펄럭거린 자색 깃발처럼
   아직도 이루지 못한 꿈 남아있는 그 꿈
   비상의 날개 접지 못해 훨훨훨훨 제비가 난다.

(후렴) 고향에서 나를 기다리는 누군가 있나 보다
언젠가 돌아가리 제비 날아오는 그곳으로

'고향의 봄'을 부르면 내 기억 속에서 꽃들이 한꺼번에 피어난다.

그중의 하나가 제비꽃이다. 진달래, 개나리, 복숭아꽃이 나무에 피는 고향의 봄꽃이라면, 땅 위에 앉은뱅이로 피는 꽃이 제비꽃이다. 겨울을 나기 위해 강남으로 떠났던 제비가 돌아올 음력 삼월 삼짇날 즈음에 양지 바른 곳에 피어나는 꽃이었다. 춘정에 겨워 잔디밭에 나란히 앉아 햇살을 즐기는 연인들이 서로의 손에 꽃반지를 만들어 끼워주기도 했던 꽃이다.

제비꽃은 색깔이 제비의 깃털, 자색을 닮은 꽃이라 어디서나 피어도 귀한 대접을 받았다. 제비처럼 봄날이 오면 다시 돌아온다는 약속을 간직한 꽃이기도 하다.

내가 제비꽃을 좋아하게 된 것은 어릴 적 무덤가에 가장 먼저 피는 자색 꽃이 제비꽃이었고, 꼭 돌아오겠다는 약속을 간직한 꽃이기 때문이다. 타향살이하는 나도 언젠가는 고향으로 돌아가겠노라는 귀소본능을 자극하고 약속과 다짐을 간직한 꽃이기도 하다. 또한, 어릴 적 동무들과 잔설을 녹인 따사로운 햇살 따라나선 봄날, 소꿉장난의 소품으로 우리를 반겨 주던 꽃이라 더 정들었다.

내가 고향을 떠나 객지 생활을 하면서 다시 만난 제비꽃이 팬지이다. 제비꽃을 개량하여 도심 도롯가를 장식할 때 많이 쓰이고 있다. 색깔이 노란색, 흰색 등 몇 종류가 있지만 그래도 제비꽃은 자색이 가장 제비꽃답다. 따뜻한 강남으로 떠나갔다가 다시 돌아온 신사가 턱시도를 입고 그리운 사람을 그리워하며 부르는 노래, 세레나데를 부르는 모습을 연상시키는 꽃이 제비꽃이다.

내가 지은 노래 가사 중에서 제비꽃 노랫말은 서울로 떠나온 내가, 고향인 고성 동해를 돌이켜 그려보게 한다. 올봄에도 나는 도산대로변과 도심 곳곳을 자줏빛으로 물들여 줄 팬지를 보며 '내 고향 남쪽 바다 그 파란 물'을 떠 올릴 것이다. 삼월 삼짇날이면 강남 갔던 제비가 가장 먼저 날아오던 곳, 그곳에서 꾸던 보랏빛 자색 꿈들을 하루빨리 이룬 뒤 돌아가고 싶어 나는 오늘도 제비꽃 노래를 흥얼거린다.

오솔길을 걸으며

오솔길

1. 가을 속으로 아스라하게 뻗은 오솔길
   단비 꿀비 보슬비 모올래 다녀가고
   꾀꼬리 휘파람새 뻐꾸기 뒤쫓아가고
   살짝이 기울어진 내 마음 언저리에
   그대여 꽃비 되어 내려내려 오소서

2. 온몸으로 피던 꽃이 저절로 벙그던가
   바람 천 길 따순 햇살 만 타래 받아먹고
   소쩍새 산비둘기 지빠귀 노래하여라
   살짝이 다녀가는 내 마음 언저리에
   그대여 단풍 되어 내려내려 오소서

(후렴) 오솔길 걸어가면 누군가 날 부르네
         손잡고 같이 가자 다정히 날 부르네

시월이 갔다. 기어코 여름날이 가듯 한사코 시월이 떠났다.

어린 날 배웠던 화투점을 떼 본다. 국향(菊香)은 술이었으니 시월엔 술 술~~, 시작부터 끝까지 이어질 듯하다. 맵싸하고 달착지근한 안주를 찾아 동반주로 묶어야 합이 맞겠지.

동네 앞 도산 공원에 배롱나무꽃은 아직도 남아서 용을 쓴다.

습도가 허리춤에 복대처럼 달라붙었던 여름날, 서느런 빗방울을 얼마나 맞았던지 꽃잎은 만개하지도 못하고 피는 둥 마는 둥 했는데 이젠 가을에게 자리를 내 줄 모양이다. 엉거주춤을 멈추고 그냥 단호하게 지면 될 테다. 무슨 미련이 남았으랴.

산수유나무의 열매도 부실하기 짝이 없다. 따글따글 온몸을 태울 듯이 쏟아지는 햇볕도 좀 받고, 갈증으로 목이 타 들어갈 즈음 단비처럼 쏟아지는 빗방울도 온몸으로 들이켜야 실하게 익어갈 열매들이었다. 빗물에 젖어 물통에 빠뜨린 솜뭉치처럼 흐물거리며 제 몸의 기운을 스스로 빨아먹었으니 말해 무엇하리.

이웃한 감국(甘菊)은 가을의 향기를 제대로 계위내는 중이다. 풋것이 아닌 칼칼하고 매운 향기를 내뿜는 국향(菊香)의 원초적 본능을 누가 제어하랴. 매운 바람결을 맞으며 서늘한 밤길을 향기로 피워올린 그의 이름은 가을을 함축하고 있으니, 누군가의 이름도 그 속에 가뭇이 묻히리라.

 1년생 식물들이 받는 땅기운은 반갑지만 아슬아슬하다. 새순으로 돋아난 뒤 200여 일 정도면 그들은 생명을 다하게 된다. 그나마 대로 솟은 식물들의 삶은 두엇의 계절을 지나겠지만 씨로 떨어진 식물들은 100여 일이면 수명을 다한다. 상추며 쑥갓이며 시금치의 계절은 더 짧다. 자연의 섭리를 받아들이느라 얼마나 전속력으로 달렸든지 이젠 그 호흡을 가다듬어도 될 테다. 늦게 발아한 김장배추가 속을 채우는 동안, 배초향은 마지막 몸부림처럼 꽃을 게워 올린다. 열매를 퍼트려야 하는 식물의 종족본능은 때론 처연하다. 그게 생명의 본질에 닿아있으니 그 식물로 생명을 연장하는 모든 동물이여, 배읍(拜揖)하라.

 가을에 피는 꽃들은 향기로 세상을 점령한다. 양으로 들이미는 단풍에 대적하려니 그에 맞서는 건 교태는커녕 쌀쌀한 낯빛으로 향낭(香囊)을 들이밀 뿐이다. 꽃향유가 그렇고 금목서가 그렇다. 땅을 덮을 듯이 낮게 보랏빛 띠지를 형성하는 꽃향유는 보면 볼수록 정겹다. 아끼는 사람의 신방(新房) 앞에 바치고 싶은 한 다발의 꽃을 구하라 하면, 나는 꽃집으로 가는 대신 산기슭을 오르리라. 그리고 맨발로 가만가만 다가가 방문 앞에 내가 꺾은 한 다발의 꽃향유를 공손히 바치리라.

 길을 걷다가 내 코에 무지개처럼 감기는 것은 금목서의 향기다. 타원

형 몸피의 금목서는, 가지를 힘껏 압축하여 짧고 단단하다. 달린 이파리는 굵고 두껍다. 잎겨드랑이에 자잘하게 달리는 주황색 꽃들은 병아리 부리처럼 귀엽다. 물푸레나뭇과의 특징은 그 가지들이 낭창하면서도 밀도가 높아 매질하는 데 쓰이기로 악명 높다는데, 그런 독한 내면의 특징을 꽃으로 내뿜으니 그 향은 말해 무엇하리.

며칠 전부터 나는 금목서 향에 취해 발걸음이 느려진다. 취한다는 것은 무엇이든 느리게 하는 효과가 있는 모양이다. 어젯밤엔 고향 분들과 마신 막걸리에 취해 새벽까지 잠들지 못했다. 주기(酒氣)만이랴, 달빛은 교교하고 별빛은 아슴하고 창밖에 닿는 바람은 서느랗다. 노랫말은 아릿하고 기억은 간간(衙衙)하다.

학기 형

우리 형아

1. 내 인생의 등불을 환히 밝혀 준 형아
   어린 날 작은 내 손 붙들어준 지팡이
   힘들 때 기댔던 대청마루 기둥이었지
   외로울 때 기댔던 상수리나무 둥치였지
   우리 형 떠나던 길 햇살 다발 쏟아졌네

2. 우리가 늙으면 내가 형의 지팡이로
   이웃으로 나란히 다정하게 살펴주고
   내 이룬 것 나눠 먹고 웃으며 살려 했지
   꿈꾸던 내 마음은 아스라이 멀어졌지
   우리 형 떠나던 길 달무리가 배웅했네

(후렴) 보고 싶은 우리 형, 불러보는 우리 형
참 그리운 우리 형, 사랑하는 우리 형

피가 물보다 진해서 그런지 아니면 한 부모님께 태어난 목숨들이라서 그런지 형제·자매 사이는 어느 집안이든 각별하다. 우리 형제 남매는 5남 1녀, 육 쪽 마늘 같은 육 남매였다. 돌이켜 보면 형제·자매들은 자라는 과정에서 소중한 경험들을 같이 체득하며 자랐다. 가정공동체 안에서의 질서와 역할과 도리를 누가 알려주지 않아도 깨우쳤다. 형제·자매들 사이에서 내가 맡아야 할 기본 역할인 롤플레잉(role-playing) 학습을 스스로 깨우치며 자란 것이다. 형제가 여럿이라는 것은 나이 터울이 15년에서 20년 정도 된다는 것이므로, 우리가 자라던 그 당시에는 큰 형은 막내 삼촌뻘 나이이고 큰 누나는 막내 이모나 고모처럼 우리를 돌보고 키우는 어린이집 교사이기도 했다.

육 남매 모두와 잘 지내며 자라왔지만 나와 가장 친하게 지낸 형제는 세 살 위 학기형이었다. 내가 초등학교에 들어가자 학기 형은 듬직한 3학년으로 내 버팀목이었다. 바쁜 부모님의 일손을 도우러 논과 밭으로 나갈 때도 늘 같이 붙어 다녔다.

시골 초등학교는 마을의 아이들끼리 편을 나눠 서로를 경계하거나 텃세 부리는 일도 종종 있었다. 요즘의 '왕따'와는 거리가 멀지만 서로 가벼운 실랑이를 하거나 놀리는 일은 어린이들의 전매특허이기도 했으니까. 그럴 때 나는 형을 믿고 보무당당했다. 나보다 덩치가 훨씬 큰

대천부락 식이와도 씨름에서 밀리지 않았고, 여학생들의 고무줄을 끊고 달아나는 데도 앞장섰다. 왜냐하면, 나에게는 형이 있으니까! 문제가 생기면 언제든지 형이 달려와서 내 손을 잡아주기만 하면 식이도 여학생들도 째려보던 눈길을 내렸으니까! 그렇다고 형이 항상 내 편을 든 것은 아니었다. 덩치 큰 식이한테 대드는 일과 여학생들의 고무줄을 자르거나 오자미를 빼앗는 행위는 옳지 않다는 것도 알려주었다.

학기 형은 가슴이 따뜻하고 부드러운 사람이었다. 자치기하다가 장독뚜껑을 깨거나, 심부름 가던 길에 놀이에 빠져 어머니 애를 태워도 형이 대신 야단을 맞았다. 엿장수에게 부엌 아궁이 마개를 주고 엿을 바꿔 먹어도, 엄마 지갑에서 몰래 100원을 꺼내 아이스 깨끼를 사 먹어도 회초리와 꾸중은 형의 몫이었다. 가끔 심술이 나서 형아에게 대들거나 까불어도 웃음으로 나를 보듬어 주었다. 형은 내 어릴 적 추억의 그루터기며 밑동이었다.

젊은 날, 명절이 되면 고향 집에 모였다. 객지에 나가 있던 식구들이 돌아오면 집안엔 시끌벅적 활기가 넘쳤고 부엌으로 장독대로 달음질치듯이 바쁜 사람은 어머니셨다. 아들 다섯이 방이나 마당에서 얼쩡거릴 때 어머니는 부침개를 준비하랴 나물을 다듬으랴 생선을 손질하랴 종종걸음이셨다. 그럴 때 학기 형은 어머니를 도왔다. 시금치를 캐고 부침개를 부칠 솥뚜껑을 걸고 나물을 데칠 아궁이를 차렸다. 식용유를 찍어 바르기 쉽게 텃밭에서 가지를 따오거나 자잘한 장작을 쪼개는 일도 형의 몫이었다.

저녁이면 형은 마을에 있는 유일한 점방, 곱추 친구네 골방에서 놀다
가 잠들었다. 형제도 없는 곱추 친구에게 벗이 되고 말동무가 되어주고
미리 준비해 온 양말과 잡지를 전해 주었다. 어쩌면 그 시절, 우리 식구
보다 점방 집 창문이 더 오래오래 열려있었을 것 같다. 우리 가족보다
더 진하게 학기형을 기다리는 눈길이 외로운 점방 집 창문가에 있었던
게 아니었을까.

내가 그렇게 좋아하고 따랐던 학기 형이 갑자기 세상을 떠나자 나는
한쪽 날개를 잃은 것처럼 아렸다. 내 안에 가득 차 있던 추억과 그리움
의 풍선 하나가 푹 찌그러지는 느낌이었다. 평생 교육공무원 생활을 하
던 형은 내 인생의 따사로운 햇살인 동시에 가슴 시린 응달이었던 게
다. 육체의 상처가 햇살 같은 형을 넘어뜨렸다. 형제들에게 짐이 되기
싫다며 자신의 병을 가볍게 포장했고 내가 알아차렸을 때는 너무 늦었
다. 고향에 가면, 형이 더 보고 싶다. 선산에 수목장으로 누운 학기 형
에게 안부를 전한다. 학기 형이 어렸을 때 나를 돌봐 준 것처럼, 내 몫
의 어려움을 많이 해결해 준 것처럼, 인생 후반기에는 내가 형을 돌보
고 싶었는데 기다려 주지 않고 먼저 떠난 형이 그립다. 가엾고 밉다.

멸치가 될 수 있을까?

멸치

1. 나는야 부지런히 헤엄치는 멸~치
   바다의 심장으로 바다의 변방으로
   떼 지어 무리 지어 수평선에 비늘 반짝
   내 몸을 멸해야지 다른 이의 생명 되지
   내 생을 멸해야지 사람들의 입맛 돋지

2. 나는야 흔하디 흔한 평범한 멸~치
   남해도 서해에도 어디서든 볼 수 있는
   떼 지어 무리 지어 수평선에 눈이 반짝
   내 몸을 주어야지 다른 이의 살이 되지
   내 생을 바쳐야지 사람들의 피가 되지

(후렴) 나 죽어서 멸칫국물 진하게 될 수 있나?
　　　고소한 칼슘 덩어리 멸치볶음 될 수 있나?
　　　세상 모든 음식의 간이 되고 국물 되는
　　　다시 멸치 육수로 거듭날 수 있을까?
　　　세상 쓰라린 속들 풀어 줄 수 있을까?

내가 가장 즐겨 먹는 생선은 멸치다.

또한, 지금까지 살아오면서 고마운 분들께 가장 많은 선물을 보낸 것도 멸치다.

내 고향 경남 고성군은 낙동강 밀물과 남해안 바닷물이 섞이는 기수역(汽水域) 해안이라 각종 어물과 생선이 풍부했다. 해안(海岸)에 터전을 잡은 사람이면 누구나 갯내음을 맡으며 바다에 삶의 두레박을 던졌다. 어장을 가진 사람은 새벽이면 선착장에 나가 노를 저었다. 장화의 뒤축은 낡았지만, 발길은 힘이 넘쳤다.

새벽 바다는 고요하다. 부지런한 사람이면 누구라도 자식 공부시키며 식구들 먹여 살릴 수 있는 터전을 바다는 내어 주었다. 그러기에 어릴 적 내 추억의 반은 바다가 선사해 준 선물이다.

고향마을에는 집집이 고기잡이배가 다르고 어구도 달랐다. 꽁치며 전어를 잡았던 정치망 어장과 장어와 문어 위주로 잡는 통발 어장이 달랐다. 아버지가 하시던 정치망 어장에는 온갖 잡어가 잡혔다. 그중에서 최고의 생선은 멸치와 돔이었다. 살아있는 채로 팔아야 하는 돔과 달리 멸치는 삶아서 말리는 과정을 통해 보관이 용이한 생선이었다. 그물에 걸린 멸치를 커다란 가마솥으로 삶아낸 뒤 채반에 널었다. 그 속에는 풀치와 공멸치도 섞여 있고 꼴뚜기와 해파리도 섞여 있었다.

아이들에게 주어진 노동은 멸치 속의 잡어들을 가려내는 일이었다. 햇볕은 따갑게 등에 업혔고 이마에 땀방울이 흘러내리는데, 늘어선 채반은 끝이 없었다. 심심하고 지겨운 지점마다 꼴뚜기는 반갑고도 귀한 간식이었다. 우리는 그 꼴뚜기를 스무 마리쯤 집어먹고는 혀에 들러붙은 짠맛을 참을 수 없어 물은 열 바가지나 마셨다.

한겨울에 커다란 몸통의 대구 떼가 어장 그물에 잡히면 온 동네에 대구탕 냄새가 퍼지게 잔치도 했고 상하지 않도록 건조 시키거나 나눠 먹었다. 무와 모자반을 넣고 끓인 대구탕은 시원하고 슴슴했다.

그중에서 최고의 선물은 당연 멸치였다. 특히 멸치 중에서 죽방 그물에서 건진 멸치는 몸에 상처가 거의 없고 비늘도 은빛 찬란한 그대로를 보존하고 있어 선물로는 최고급이었다.

그렇게 잡힌 멸치는 전국으로 유통되어 멸치볶음 같은 점심의 도시락용으로도 사용되며, 대부분 다른 음식의 간을 조절하는 다시 멸치로 귀한 대접을 받았다. 육수용 '다시 멸치'는 맛으로 다시 살아나는 멸치라는 의미인데 죽어서도 음식의 국물이나 간으로 귀하게 쓰이게 되니 우리 모두가 부러워하는 사후 세계를 보여주는 것은 아닐까?

동진교에서

동진교

1. 내가 너의 다리가 되어주마
   내가 너의 등뼈가 되어주마
   너는 나를 타고넘어 건너가라
   너는 나를 밟고 가서 길이 되라

2. 살금살금 동진교 걸어가마
   부드러운 곡선형 감탄하마
   그 길 건너 사람이 살고 있어
   그 바다 너머 우리 살고 있어

3. 어깨 걸고 다정히 함께 걷는 길

험한 세상 외로워 너를 부른다.

내 어머니 목소리 들려오는 듯

내 아버지 호령이 들려오는 듯

동진교는 경남 고성군 동해면과 창원의 진전면 창포리를 연결해 주는 다리이다. 뭍과 섬을 연결해 주는 다리는 아니고 육지와 육지를 이어준다. 이 다리가 생기기 전에 내 고향 집으로 가는 빠른 길은 도선을 이용하는 방법이었다. 마산에서 진동 고현까지 버스를 타고, 하루 2번 왕복하는 현대호가 있었는데 편도 30분 정도 걸리는 발동선이었다. 육로를 이용하려면 마산에서 고성 읍내까지 1시간, 읍내에서 면소재지까지 가는 빨간색 시외버스로 다시 1시간, 방성지 고개에 내려서 2개의 산을 넘어야 비로소 고향 집에 도착할 수 있었다. 버스를 기다리는 시간까지 합하면 꼬박 한나절이 걸리는 길이었다.

차를 타고 이 다리를 통과하면 시간이 절약된다. 마산에서 출발해도 30분이면 닿을 수 있다. 가는 해안 길은 '한국의 아름다운 길 100선'에 지정될 정도로 풍광이 좋다.

다리가 놓인 지 20여 년이 흘렀다. 이젠 예전에 다녔던 방법이 까마득한 옛이야기가 되었지만, 다리를 건널 때마다 생각한다. 이 다리를 한번도 건너지 못하고 돌아가신 내 아버지, 불편하고 아픈 다리를 부여잡고 자식들이 모는 자동차 뒷좌석에 타고 바다를 내려다보던 어머니, 추억의 페이지마다 그리움의 명찰을 달던 내 친구들……

내 어린 날에는 건너마을 소포까지 헤엄을 쳐서 건너기도 했다. 개구쟁이 소년들의 여름 낮은 길고도 깊었으니 바다를 건너는 헤엄 실력이라면 당연 내가 앞섰다. 우리 동네에는 머슴아(사내아이)들이 많이 태어났고 선착장에서 출발하여 헤엄으로 바다를 건넜다. 자유형으로 시작하여 지치면 배영으로 바꾸던 시절, 바다를 베개처럼 베고 누워 흘러가는 구름을 보며 나는 노래를 흥얼거렸다.

특히 동진교가 놓인 지역이 임진왜란 때 당항포 전투가 치러진 역사적인 곳이고, 우리는 당항포 해전 승리의 전적비 아래 꿈꾸는 소년이 되어 내일을 향해 나아가고 있었다.

동진교는 나에게 험한 세상으로 나아가는 다리이기도 했고, 머나먼 객지 서울에서 타향살이를 할 땐 꿈속에서 어머니 품 안으로 돌아가는 다리이기도 했다. 또한, 고향의 동진교는 서울 강남을 가로지르는 영동대교처럼 내 꿈이 미래의 세계를 넘는 다리이기도 했다.

고성군 동해면 시골 출신이 서울 강남지역의 시의원을 하고 있다는 것은, 그만큼 나를 위해 다리가 되어주신 분들이 많았다는 의미이기도 하다. 나를 위해 희생과 헌신을 아끼지 않으신 부모님과 형제들, 고향의 어르신들과 선후배, 불알친구들 그들이 내가 밟고 딛고 거칠고 험한 세상 건너게 해준 섶다리의 나뭇가지였고, 때로는 가진 것 모두를 내어주신 외나무다리가 되어 주셨다.

한편으로는 부족하고 미약한 내가 서울시 의회 강남 지역구 시의원이 되어 활동하는 것도 누군가의 징검다리라도 되어 주고 싶어서이다. 시의원의 역할은 행정자치단체와 소비자인 시민들을 연결해 주는 미덥고 아름다운 다리, 가교의 역할인데 시민들에게 승인받고 있어서 더 좋다.

동진교를 건너 고향을 향하는 마음처럼, 영동대교 아래 흐르는 한강 물을 쉼 없이 바라보는 삶을 살고 싶다. 그 다리를 건너는 서울시민의 안위를 생각하고 건강을 기원하고 더 밝고 푸른 서울을 위해 내가 할 수 있는 일을 지속적으로 찾아갈 것이다.

동백꽃을 노래하다

동백꽃

1. 찬바람 시릴수록 더 진한 초록 잎
   소복이 쌓인 눈에 더 붉게 피는 꽃
   추억을 물들이던 소꿉친구 닮은 꽃
   해안가 언저리 동백 소녀 보고 싶다.

2. 바람을 안을수록 더 깊은 잎맥아
   하늘을 향해 피던 더 짙은 향내야
   말 못 한 사연일랑 붉은 웃음 머금던
   해안가 언저리 동백 처녀 보고 싶다.

3. 그리워 그리워서 온몸으로 피던가

서러워 서러워서 온몸으로 지던가
못다 한 사랑일랑 꽃송이로 피워올린
해안가 언저리 동백 그녀 보고 싶다.

　내 고향 동해 포구에는 겨울에도 동백이 피었다. 차가운 바닷바람을
받아먹고 동백은 붉은 꽃송이를 한숨처럼 토해 올렸다. 겨울바람 속을
뚫고 피는 동백은 꽃송이가 작고 단단했다. 수많은 식물 중에서 특히
잎이 도톰하고 윤기가 좔좔 흐르던 이파리는 바람막이 역할을 톡톡히
해 주었고, 동백꽃은 잎새 속에 숨어서 온 힘을 다해 꽃을 피워 올렸던
것이다. 동백은 대개 11월경부터 피기 시작해 사월의 목련에게 그 바
통을 넘겨주는 날까지 겨우내 쉬지 않고 피는 꽃이다.

　동백이 추운 겨울에 피는 꽃이라서 그런지 어릴 적 고향의 초동친구
들 중 생활력이 강한 소녀들을 보면 동백꽃 같다는 생각이 든다. 한겨
울에도 방학이나 일요일이면 고깃배를 타고 바다에 나가 뱃일을 돕고,
뭍에 내려서는 홍합과 조개를 까던 소녀들이 있었다. 동생들을 돌보고,
물을 길어오고, 빨래터를 드나드는 온갖 집안일에 밭농사일까지도 억
척스럽게 해내던 소녀들이 떠오른다. 그 억척스러운 갯마을 처녀들은
초등학교나 중학교를 졸업하고 창원공단이나 마산의 자유수출지역, 한
일합섬의 담요공장으로 떠났다. 일손이 필요한 공장에 맨 처음 달려간
소녀들의 삶이 애절하다. 부지런하고 배움에 목말랐던 소녀들은 야간
고등학교에 진학했고 더러는 방송통신대학교를 졸업했다는 이야기도

들었다. 세차게 불어오는 세상의 바람에 굴하지 않고, 꿈이라는 도톰한 잎새 뒤에서 당차게 꽃을 피우던 우리의 누이들이 동백꽃 소녀였으리.

동백꽃은 나무에 식물성 지방이 많아서 한겨울에도 반질반질한 초록잎이 무성했다. 눈 속에 핀 빨간 꽃이 후두둑 지고 나면, 맺힌 열매를 따서는 동백기름을 짜기도 했다. 천연 머릿기름으로 인기가 많았던 동백기름은 고가에 팔렸다. 앞가르마를 선명하게 타 내려 쪽 진 머리에 비녀를 꽂던 내 어머니가 즐겨 바르시던 동백기름 내음이 코끝에 스며든다. 너무나 소중히 한 방울 손바닥에 떨어뜨린 뒤, 두 손으로 비손하듯이 비빈 뒤에 한올 한올의 머릿결에 동백기름을 바르시던 어머니.
그 어머니는 아들도 알아보지 못하시고 요양원에 누워 계신다.

동백꽃처럼 곱고 어여쁘던 소녀들은 60대의 중년이 되어 손주들을 돌보고 있다.
누군가는 아직도 장사를 하고, 식당 주방에서 맛난 요리를 만들고, 어업에 종사하는 남편을 쫓아 굴과 미더덕을 까고 있다. 향 좋은 커피를 내리고, 제자들을 가르치고, 군민과 시민을 위한 공무에 집중하고, 보건소장이 되어 마을의 어르신들께 독감 주사를 놔 드리고 있다. 그들 모두가 동백꽃을 닮았다. 내게는 도로변에 피는 꽃보다 더 귀하고 선명하게 아름다운 동백꽃이다.

동백꽃

(동백 그녀가 보고싶다)

성중기 작시 박경규 작곡

1.찬 바 - 람 시 릴 수 - 록 더 진 - 한 초 록 - 잎
2.바 람 - 을 안 을 수 - 록 더 깊 - 은 잎 맥 - 아

소 복 - 히 쌓 인 눈 - 에 더 붉 - 게 - - 피 는 꽃 추
하 늘 - 을 향 해 피 - 면 더 짙 - 은 - - 향 내 야 말

억 -을 물 들 이 - 던 소 꼽 친 구 닮 - 은 - 꽃 해
못 - 할 사 연 일 - 랑 붉 은 웃 음 머 - 금 - 던 해

안 - - 가 언 저 - 리 동 백 소 - 녀 보 고 싶 다
" 동 백 처 - 녀 "

다 그 리 - 워 - 그 리 워 서 - 온 몸 으 로 피 - 던 -
다 - 한 사 랑 일 - 랑 꽃 송 이 로 피 워 올

가 서 러 - - 워 - 서 러 워 서 - 온 몸 으 로 지 - 던 -
린 해 안 - - 가 언 저 - - 리 동 백 그 녀 보 고 싶 -

가　　　못　백그녀보고싶 - 다　　동백그녀보고싶 -
다　동

다 -

Stephano Park 2021.02

그리움의 냄새

그리움의 냄새

1. 옛 친구를 만나 포장마차에서 숯불을 피웠네
   꼼장어를 시켜? 붕장어를 구워? 오징어를 데쳐?
   안주를 고르는 동안 우린 너무나도 행복했었네.

2. 친구는 석화와 가리비와 개조개와 뿔소라를
   나는 주꾸미와 낙지와 문어와 호래기를
   도시의 포장마차에 없는 것들만 주문했었네.

3. 그래, 우린 추억을 향해 달리는 거야.
   그래, 우린 내일을 향해 달리는 거야.
   넌 착한 어부 되고, 난 멋진 요리사 될게.

4. 문득 그리움으로 우릴 찾는 사람들에게

　　너는 바다로 가는 길을 안내해 주렴.

　　나는 그리움의 냄새를 넘치게 뿌려줄게.

　고향을 떠나 직장엘 나가면서 정신없이 바빠졌다. 일에서도 최선을 다하고 승진하기 위해 몸부림치며 시간을 잊은 채 객지 생활을 하던 밤이면 종종 꿈을 꾸곤 했다. 만족한 월말 마감을 끝내고 동료들과 맛있는 저녁에 소주도 두어 병 비운 날 밤이면 창문에서 방긋 웃어주던 별을 보았다. 내일은 편히 늦잠도 자고 음악도 듣고 '성중기 님 惠存'이라고 속표지에 적혔을 책들을 살펴봐야지. 누가 어떤 종류를 어떤 내용으로 발행한 지도 모른 채 책상 위에 올려둔 책들이 여러 권 밀봉되어 있었다.

　그런 날 밤이면 꿈을 꾸었다. 초등학교와 중학교 9년을 10리 길을 걸어서 넘던 뒷산 마루가 선명하게 나타났다. 산 위에 오리온성좌는 그물처럼 퍼져 있었다. 6학년쯤에 그 별 중의 하나가 '베텔기우스'라는 이름을 가졌다는 것을 알았다. 4학년쯤에 고전 읽기를 통해 그리스로마 신화를 읽었는데 신화 속 신들의 이름들과 별자리의 이름들이 묘한 관계로 엮어진 것을 알게 된 즈음이었다. 나는 친구들과 그 별자리를 걸어와 동네 앞 바다에 투망질을 했고, 그 속에서 우리에겐 너무나 과분한 도미를 몇 마리나 건져 올리기도 했다. 붉거나 새까만 도미의 눈은 투명하게 맑았고 비늘은 선명하고 칼칼했다. 도미에게 말을 걸고 용왕님 나라에 돌아가라고 몰래 풀어주던 이가 학기 형이었는지 나였는지 기억해 내려 애쓰는 동안 꿈에서 깼다.

그런 날이면 내 코에 갯내음이 알싸하게 몰려왔다. 창문 너머엔 도시의 스모그인지 안개인지 자욱한 먼지잼*이 묻어왔고 나는 갯내음을 물고 이불 속에서 오래오래 뒤척였다.

도시에서는 날씨도 그렇지만 인공광 때문에 좀처럼 하늘의 별을 볼 수가 없다. 또한, 바쁜 도시 생활에서는 발밑을 내려다보며 걷기에도 바쁘니 하늘을 올려다볼 여유도 없기 마련이다. 번화한 도시의 거리를 걷다가 딴청을 부리거나 먼산바라기라도 할 양이면 전봇대나 가로수에 부딪치기 마련이고, 앞이나 옆에서 걷는 사람들의 신발을 밟게 되니 내 눈은 땅으로 향하게 된 것이다.

내 고향은 1970년대 종반까지 전기가 들어오지 않던 깡촌이었다. 겨울이면 동네 아이들은 이른 저녁밥을 먹고 우리 집 아랫방으로 모여들었다. 몇 번을 읽었는지 표지가 너덜너덜해진 만화책을 다시 펴거나, 누군가가 주머니에 넣어온 화투짝은 두어 장이 모자라서 작은 딱지를 대신 놓기도 했다. 나는 친구들에게 노래를 불러주거나 하모니카를 불어주었다. 신나는 노래를 부르면 으레 박수가 따라오기 마련이었고 나는 우쭐대며 '진주조개잡이'를 들려주었다. 이 노래는 손수건 돌리기에 제격이었고 소풍날이면 빠지지 않는 단골레퍼토리이기도 했다.

누군가는 우리 아랫방에 곯아떨어지기도 했지만 대부분의 아이들은 오리온성좌의 별빛을 받으며 집으로 돌아가곤 했던 것이다.

　육지 사람들은 잘 모르겠지만 갯가에서 태어나 자란 우리는 우리만의 고향 냄새를 가지고 있다. 아마 그 냄새는 가시고기나 연어, 대구 등 회귀성 어류들이 자기가 태어나 자란 냇물과 강물을 찾아오는 후각 안테나 유전자와 닮은 꼴인지도 모른다. 내 몸에 각인된 비릿한 바다 내음은 춥고 외로운 객지의 골목길을 돌아서면 거기 문득 자욱하게 퍼져 나는 그리움의 냄새가 아니었을까?

　* 먼지잼 : 겨우 먼지나 날리지 않을 정도로 조금 오는 비의 이름.

장모님을 생각하며

장모님

잘 사는 길, 잘하는 길 일러주신 장모님
옳은 길, 정직한 길 찾아가란 장모님
그 길이 멀고 멀어 외면하며 살았어요.
그 길이 깊고 깊어 돌아가며 살았어요.

잘 사는 길 일러주신 장모님 말씀 좇아
옳은 길 정직한 길 헤쳐가며 살게요.
그 길이 암만 멀어 허덕이며 걸어도
그 길이 너무 멀어 숨죽이며 걸어도

살아생전 조금만 더 다정히 대할 걸

계실 동안 조금만 더 구순히 대할 걸

떠나신 뒤 깨달으니 이제는 후회의 길

가신 뒤에 알게 되니 이제는 불효의 길

(후렴) 장모님, 장모님, 우리 장모님.

사위야, 사위야, 오직 내 사위야.

인정하며 지켜주고 믿음으로 살펴주신

장모님 크신 은혜 어찌하여 잊을까요.

이별은 좀처럼 친해질 수 없는 단어다. 더군다나 죽음으로 이어진 이별은 더욱 그렇다.

2020년 여름에 장모님이 세상을 떠나셨다. 장마철이었고 쏟아지는 빗줄기를 맞으며 유골을 모란공원에 모셨다. 장례 동안 빗물인지 눈물인지 모를 습기가 계속 내 속에서 올라왔다. 그런 습기가 이별의 한 과정에 계속 존재하는 거라면 이별은 습도 높은 장맛비와 닮았다.

장모님은 우리 집에서 20여 년을 함께 사셨다. 집사람이 막내인 탓도 있었고, 모녀 사이가 워낙 좋았기 때문이기도 했다. 내가 정치를 하겠다고 의논을 드렸을 때 장모님은 내 얼굴을 빤히 쳐다보시며 이렇게 말씀하셨다.

"정직한 정치를 할 자신이 있는가?"

"예!"

"경제적인 문제로부터 자유로울 수 있는가?"

"예!"

"누굴 만나든 자네가 먼저 주머니를 열 마음이 있는가?"

"예!"

이렇게 세 문장으로 허락을 주셨다. 다음 날 장모님은 그동안 용돈으로 모아두셨던 뭉칫돈을 봉투에 넣어 주시며, 바른 정치인이 되라 이르셨다. 그 돈은 내 정치 인생에 마중물 같은 역할이 되었다. 장모님은 든든한 백그라운드셨고 내 선택에 대한 당당함으로 우쭐하게 해 주셨다.

내가 교통위원회에 배정되어 일하고 있을 때였다. 관내 노인정에 자주 들러 여러 가지 이야기를 듣곤 했는데 '도산공원'에 대한 민원이 잦았다. 어르신들은 집에서 나와 노인정에 들리거나 가까운 곳을 산책하는 일로 대부분의 시간을 보내신다. 관내에 도산공원이 있어 가볍게 산책을 하고 싶어도 입구의 계단 오르내리기가 쉽지 않아서 힘들다는 민원이 많았다. 젊은이들이 계단을 오르내리는 것은 일상의 부분이지만 어르신들은 그렇지 않다. 특히 휠체어를 타시는 분은 더욱 힘이 드신다.

사람이 살아가는데 마지막까지 지키고 싶은 것이 보행의 자유일 것이다. 견디기 어려운 수술을 여러 번 거치거나, 먼 곳으로 나서기 어려운 노인들은 가까운 곳으로 나들이 삼아 다니고 싶은 마음이 있으실 것이다. 새소리가 들리고 꽃들이 다투듯 피고, 살아있음이 처연하게 아름다운 곳은 공원이 아니겠는가.

평생을 지나오신 사계절을 공원만큼 선명히 보여주는 곳도 드물 것이다. 서울 시내 탑골공원과 원서공원에 어르신들이 많이 모이시는 이

유도 이와 다르지 않을 것이다.

아흔이 넘으면서 장모님의 기력이 많이 쇠약해지셨다. 하루가 다르게 섭식도 줄어들고 말씀도 줄이는 모습을 보면서 안쓰러운 마음이 깊어갔다.

그러던 중, 내가 시의원이 되고부터 진행하던 관내 도산공원의 측문 공사가 완공되었다. 공원은 정문으로만 출입을 허용하고 있었는데, 좌·우, 후면 지역의 시민들이 공원에 오려면 한참을 돌아서 정문까지 와야 했다. 휠체어를 타시거나 지팡이에 의지한 채 걷는 어르신들이 출입하시기 쉽지 않았고, 유모차를 탄 아기와 어린이들도 진입이 어려웠다.

그래서 후문 쪽에 길을 내고 울타리를 헐어내 진입로를 하나 더 만들게 된 것이다. 나는 이 결과를 장모님이 제일 좋아하시고 반기실 줄 알았다.

"날마다 산책도 하시고 맑은 공기를 마실 수 있게 되어 다행입니다."

"자네가 애를 많이 썼네만, 나는 가지 않는 게 좋을 걸세. 아무래도 부담이 되는구려."

"아니 왜요? 장모님 같은 분을 위해서 측문을 만들었는데 제대로 쓰여야 그 값어치가 있지요."

"내가 그곳을 들락날락 하는 것을 보면 주민들이 뭐라 하겠는가? 혹시라도 자네에게 나쁜 말이 돌아갈까 봐서 걱정이 되는 것이네."

"아닙니다. 그 문은 어디까지나 주민들을 위해서 만든 것입니다. 공원의 기능이란 게 많은 사람이 와서 휴식과 산책을 하는데 있으니⋯⋯"

"이 사람아, 사람들의 생각은 다를 수도 있단 말일세. 남의 말에 토를 달고, 남의 일에 과대포장하는 걸 즐기는 것이 세상 이치 아니던가. 나는 자네를 그런 구설에 시달리게 할 수 없네."

장모님의 말씀을 듣고 보니 일리가 있었다. 사람들은 사회 지도층의 삶과 행동에 도덕적 잣대를 더욱 강하게 들이대는 경향이 있다. 흔히들 말하는 기득권층의 엄중한 자기 관리의 필요성이다. 그렇지만 장모님은 서울 시민이며 도산공원으로 산책할 수 있는 자격이 있으신데, 시의원의 장모라는 사실 때문에 역차별을 당하시는 게 아닌가 싶어 마음이 무거웠다.

하루는 내가 도산공원을 가는데 근처에서 장모님을 만났다. 사양하는 장모님을 모시고 공원에 들어갔다. 도란도란 이야기를 나누며 걷는데, 맞은편에서 기념사업회 이사장님이 걸어오는 것을 보았다. 장모님은 나와 떨어져 눈을 피하며 혼자 다른 쪽으로 걸으셨다. 아마도 사위가 걷는 길에 혹시라도 폐가 될까 봐 그러신 듯했다. 나는 활짝 웃으며 그런 장모님을 소개해 드리고 마음의 불편함을 덜어드렸다.

볕이 좋은 2019년 가을에 장모님을 모시고 도산공원에 갔다. 휠체어에 앉은 장모님의 몸피는 불면 날아갈 듯 가벼웠다. 감기에 걸리지 않게 담요도 챙기고, 보온병에 따뜻한 물도 채웠다.

"저 울새 소리를 내년에도 들을 수 있을랑가?"

"무슨 말씀이세요. 앞으로 몇 년은 더 들으셔야지요."

"저기 털 밑과 윗가슴에 오렌지빛이 도는 노랑딱새도 귀엽지 않은 가? 흰둥새가 철새인데도 아직 지저귀고 있구면."

나는 장모님이 의외로 새 이름을 많이 아셔서 놀랐다. 어린 시절 충남 당진에서 사실 때, 본가 마당에 찾아온 새들의 이름을 백과사전을 보고 외우셨는데, 공원에 앉으니 어린 날의 새들이 눈에 띄신 듯하다.

"새들은 해마다 날아오고 날아가건만 사람은 한 번 가면 다시 못 오는 게야. 사람도 저 나그네 새들처럼 떠났다 다시 돌아오면 좋으련만."

나는 그 말씀에 어울리는 마땅한 대답을 찾지 못했다.

"햇볕도, 바람도, 단풍도 참 좋음세. 자네를 사위로 맞아 한 집에서 이렇게 같이 사는 것도 큰 선물이고, 내가 감사할 일이 참 많네."

"저야말로 장모님의 은혜로 지금까지 잘 지내왔습니다."

그 가을날 우리는 이런 이야기를 나누며 공원을 산책했다. 그것이 장모님의 마지막 외출이 될 줄 모른 채. 사나흘이 지난 뒤, 바깥바람이 그립다며 채비를 하시던 장모님이 화장실에서 미끄러지신 뒤 결국 보행의 자유는 회복하지 못하셨다. 집안에 갇혀 지내시는 동안, 거실의 유리문 밖으로 공원을 보고 계셨다. 노후에 보행의 자유를 잃으신 걸 생각하면 두고두고 안타깝다. 마지막까지 잃고 싶지 않은 게 그것일 텐데 말이다.

장모님은 당진의 유복한 집안에서 태어나 열아홉 되던 해에 혼인하셨다. 장인은 서울대 의대를 졸업하시고 의학박사를 받으셨다. 백병원

부원장, 경찰대 병원장으로 일하시다 개업의가 되셨지만 몇 년간 지병을 앓으셨다. 네 명의 자녀를 낳으셨고 자녀들을 모두 진심을 다해 키우셨다. 짧지 않은 동안 병구완을 하시다가 쉰셋에 혼자되시어 자식들 뒷바라지에 온 힘을 쏟으셨다.

장인이 돌아가신 뒤, 자녀들을 건사하기 위해 사업을 시작하셨다. 의사의 아내로 살아오셨지만, 성격이 활발하셨고 사회성이 좋아 주위에 도와주시는 분들이 많으셨다. 더욱이 젊은 시절에 가톨릭 세례를 받았고 신앙심이 깊으셨기에 교우들과 돈독한 관계를 유지하셨다. 큰 처형이 일찍 돌아가시어 가슴에 묻은 채 나직이 살아오신 분이다.

장모님이 누워계시는 동안 막내로 자란 집사람이 지극정성으로 간호했다. 1남 3녀 중의 맏딸을 먼저 저세상으로 떠나보내고 가슴에 묻은 장모님은, 마지막 두어 달을 병원에 계셨는데 병원에 다녀올 때마다 집사람은 눈물 바람이었다.

우리는 이별하며 산다. 올 때는 순서대로 왔지만 가는 길은 누가 먼저일지 모른다. 그래서 이별이 더 슬프고 받아들이기 힘든 현실인지도 모른다. 지금도 어느 밥집에 어머니를 모시고 가족끼리 식사하는 풍경을 보면 집사람은 몰래 눈물짓는다.

장모님을 보내 드리면서 조문보(弔問報)를 만들었다. A4용지 앞면에는 장모님 사진과 장례절차와 유족 명단을, 다른 한 면에는 걸어오신 길과 자녀들의 편지를 간단하게 적었다. 모두 이구동성으로 상가(喪家)의 품격을 높였다고 칭찬했다. 상가에 가면, 조문한 뒤에 자리에 앉아 간단한 다과나 식사상을 받기 마련인데, 그 자리가 불편하거나 어색하기 마련이다. 큰 소리로 얘기하기도, 망자에 대한 질문도 여의치 않다. 그런 경우를 보면서 돌아가신 분과 유족에 대한 간단한 소개와 내력이 있으면 좋겠다는 생각을 예전부터 했던 터였다. 장모님은 병환을 앓으셨고 연세도 있었으므로 나름 조문보를 준비할 시간이 있었다.

구순 생신 때 만들었던 동영상 내용을 참고하고 형님과 처형께도 여쭈어 그간에 써 두었던 내용으로 만들게 된 것이다. 조문객들이 조문보를 읽으며 고인과 유족에 대한 궁금증을 풀게 된 점, 고인을 추모하는 마음이 깊어진 점, 자녀들과 고인의 교감을 알게 된 점 등이 유용했다.

인간의 삶을 유용과 불용으로 어느 부분을 나눌 수는 없지만, 좋은 점은 짚고 넘어가야 한다. 죽음 앞에서 살아있는 사람들이 지킬 예의는 그런 것이다. 고인의 삶을 되짚어 진심으로 명복을 비는 것, 고인이 남기신 삶의 명제를 받들어 지키며 사는 것이 내게 남은 유언이 아닐까.

조문보(弔問報)

조문보

1. 슬프다 이별은 애달프다 이별은
   생전의 모든 기억을 가슴에 묻는다 하늘에 묻는다.
   함께한 우리 추억을 산소에 묻는다 하늘에 묻는다.
   그리움으로 남긴다 애틋함으로 남긴다.

2. 아프다 이별은 구슬프다 이별은
   생전의 모든 사연을 가슴에 묻는다 바다에 묻는다.
   지우지 못할 인연을 산소에 묻는다 바다에 묻는다.
   간절함으로 남긴다 하염없음으로 남긴다.

장모님이 돌아가신 날 弔文報를 인쇄했다.

장모님은 쓰러지셔서 병원에 입원하셨고, 담당의사는 환자의 상태를 시시각각 체크하면서 언제쯤 별세 하실지를 알려 주었기에 가족들은 나름대로 마음의 준비를 할 수 있었다.

그런 시간에 조문보를 준비하게 되었다.

장모님이 살아오신 이력과 맏아들, 둘째딸, 막내사위의 순서로 글을 실었고 상주와 장지 안내 문구를 넣었다.

평소 조문을 갈 때마다 느낀 점이, 조문객이 亡者에 대하여 아는 방법이 없다는 사실이었다. 가까운 지인이거나 친척, 이웃뿐 아니라, 지인의 부모나 친척의 조문도 가기 마련이다. 그럴 때 지인의 입을 통해야 알 수 있는 망자의 이력을 상주한테 꼬치꼬치 캐 물을 수는 없지 않은가.

상가에서 조문을 한 뒤에 차려나온 음식을 꾸역꾸역 먹거나 서로를 멀뚱히 쳐다보다가 급히 나오기 마련인 점이 못내 아쉬웠다. 그럴 때 망자에 대하여 알 수 있는 간단한 알림이라도 있으면 얼마나 좋을까, 하는 생각을 하던 참에 장모님 조문보를 준비하게 된 것이다.

장례식장에서 영정 사진으로 망자와 첫 대면하는 경우가 있다.

과연 돌아가신 분은 어떤 삶을 어떻게 사셨고, 어떤 철학으로 어떻게 사회인의 발걸음을 걸으셨는지 궁금하지만 그 자세한 내용을 물어볼 수도 알 수도 없다.

그럴 때 조문보는 제 역할을 한다.

망자가 걸어오신 삶의 이력과 그 자손과 남겨진 자의 기도를 들어볼 수 있는 좋은 방법이다.

우리의 장례 문화도 많이 바뀌고 있다. 그 변화의 과정에 조문보가 나름의 역할을 하리라는 기대가 있다.

장모님의 장례식장에서 조문보는 큰 기여를 해 주었다.

장모님의 삶과 종교와 봉사활동을 되짚어 알아볼 수 있었고, 장모님을 떠나보내는 자녀들의 슬픈 마음까지 고스란히 담겨있어서 숙연했다. 조문객들은 조문보를 읽으며 망자를 기억하고 망자의 삶을 읽을 수 있어서 진심어린 명복을 빌 수 있었다.

평생을 은혜 입은 장모님께, 사랑으로 이끌어주신 장모님께, 조그마한 갚음이라도 할 수 있어 참으로 다행이었다.

어머님이 걸어오신 길

한동희 여사님은
1927년 6월 2일 당진에서 태어나셨습니다.
열아홉 되던 해 (故)전현오님을 남편으로 맞아
큰아들 용범, 큰딸 용주(작고), 둘째딸 용숙,
막내딸 혜원, 슬하에 네 자녀를 두셨습니다.

1979년 작고하신 전현오님은 서울의대를 졸업,
의학박사로서 백병원 부원장, 경찰대병원장으로
일하시다 몇 년간 지병을 앓으셨습니다.

고인은 남편에 대한 사랑과 깊은 존경심으로
병구완에 정성을 다했습니다.

쉰셋에 혼자 되시어 기도와 봉사하며,
자녀들의 삶을 옆에서 지켜주셨습니다.

이제, 지상에서의 삶을 마감하고
주님이 계시는 나라로 떠나십니다.
다시 돌아올 수 없는 멀고도
먼 그곳으로 가시지만 이 땅에 남은 저희들은
주어진 저마다의 삶을 열심히 살아 내겠습니다.

남기신 말씀과 행동을 귀감으로 따뜻한 마음과
온정어린 손길과 부드러운 말을 나누는,
고인의 복된 자녀로 살겠습니다.

어머님, 편히 가십시오. 사랑하고 존경합니다.

유족 전용범, 용숙, 혜원 올림

자녀들의 편지

어떤 어려움이 있어도 자식들을 위해 끝까지 희생하셨던 어머님
용주 누님을 먼저 보내고 휘청거리셨지만 자식을 가슴에 묻는
아픔을 묵묵히 삼키시며 남은 자식들을 위해 꿋꿋하셨습니다.

일생 자식들을 위해 주기만 하셨는데 혹여 그 사랑이 부족했을까
더 주실 게 없을까 마음 다하셨습니다.

어릴 적 어머님 손에 매달려 성당 언덕을 오르던 때가 엊그제 같은데
이제는 저희들 손에 의지해 휠체어 타고 성당문을 들어서시는
모습 보며 세월의 무상함을 느꼈습니다.

어머님이 못다 이루신 꿈은 가슴에 담겼는데 가 보고 싶은 곳은
여전히 그대로인데 아직 더 먹어야 하고, 들어야 할 말은 남았는데
함께 했던 모든 일은 추억이 되었습니다.
부족했고 소홀했고 아쉬웠던 일만 悔恨으로 가슴을 칩니다.

어머님,
부디 평화롭고 아름다운 곳에서 먼저 가신 아버님과 누님 만나셔서
이 땅에 남은 저희들의 기도를 들어주세요.
저희들의 남은 생 사랑과 나눔과 감사로 살아가도록
언제까지나 살펴주시고 인도해 주세요.

큰아들 전용범 올림

영원한 그리움으로 남을 엄마,
떠나보내고 싶지 않은 하나뿐인 내 엄마,
오늘 지상에서의 마지막 작별 인사를 드려요.

셋째로 태어나 조용히 자란 제게 혹시라도 존재감 부족히 살게
한 것 아니냐며 내 손을 잡아주시던 그 날을 기억해요.
우리 같이 여행갔을 때요, 하늘은 눈부시게 밝았고
수평선에서 달려온 파도는 푸르렀고
풍경은 가슴 아프도록 아름다웠고
그 날, 제 등을 쓸어주는 엄마 손은 참으로 따뜻하고 부드러웠어요.

근엄하고 꼿꼿하고 주장 강한 아버지 수발에 네 자녀 당당히 꿋꿋이
키우려고 동분서주, 레지오에 봉사에 기도에 여념없던 믿음생활
주위 아픈 사람 지나치지 못하는 그 오지랖
자식의 안위를 걱정하던 모정의 세월 다 알죠.

언제까지나 옆에 계셨으면 싶어도 생의 유한함을 어찌 거역해요?
세월이 엄마를 모셔가는걸요. 그래도 엄마, 우리 잊지 말아요.
엄마 자식들이 얼마나 정깊고 훈훈했는지, 서로 위해 주고 아껴줬는지,
부모님을 존경하고 자랑스러워 했는지를요.
엄마 딸로 살면서 참 행복했어요.
다음 생에는 제가 엄마가 될게요. 그렇게 우리 다시 만나요.
엄마, 사랑하는 내 엄마, 안녕!

둘째 딸 용숙 올림

셋째 딸 혜원이의 남편이자 아들 같은 사위 성중기입니다.
제가 서울시의원으로 선출되었을 때
"항상 조심하시게, 몸 간수 잘 하시게. 밥은 자네가 사시라. 늘 베푸시라."
꼬깃꼬깃한 쌈짓돈 챙겨주시던 모습을 제가 어찌 잊겠습니까?

제 큰딸이 "이제 우리 아빠가 아니야. 시민의 아빠시지. 자업자득이네."
장모님이 "잘 아네, 그렇지!"
하시던 맞장구를 제가 어찌 잊겠습니까?

저희 집에서 함께 사실 때 공원산책 하시며 좋아하시던 모습 눈에 선~~합니다.
"저 울새 노래를 내년에도 들을라나? 햇볕도, 바람도, 단풍도 참 좋음세.
 자네를 사위로 맞은 것도 큰 선물이고 내 감사할 일이 참 많네.
 다 못 갚은 내 빚은 자네가 갚아주시게."
그 말씀에 아내는 눈물바람을 지었고 저도 가슴이 아렸습니다.

이제 장모님께 빚쟁이로 남은 저는 관내 어르신들을 더욱 잘 모시고,
구석진 곳, 아픈 곳을 잘 찾아다니고 주어진 책무 열심히 하는 것으로
이별에 대한 답례를 하겠습니다.
남겨주신 큰 사랑과 가르침 언제까지나 잊지 않고 새기겠습니다.

막내사위 성중기 드림

공부합시다

철학 산수

믿음과 행복은 더하기
소망과 배려는 곱하기
미움과 욕심은 늘 빼기
슬픔과 아픔은 손잡고 나누기

더하기 할 것을 빼면
당신은 허수아비
나누어야 할 것들 곱하면
세상살이 힘들어지는걸

서로 사랑하기는 더하기

땀 흘려 일하기는 곱하기
외로움과 그리움은 또 빼기
미소와 고마움은 나누기

빼야 할 것을 더하면
임은 남이 되어 멀어지고
곱해야 할 것을 나누면
세상은 시름시름 아픈걸

내가 학교에 다닐 때 가장 좋아했던 과목은 역사와 음악이었고 싫어했던 과목은 산수와 과학이었다.

초등학교 때는 산수였지만 중학교에 들어가서는 수학이라 불렸던 이 과목이 왜 싫었는지는 나이가 들면서 내 성격이 어떤 유형인지 성격 심리유형 공부를 하면서 알게 되었다.

나라는 사람은 에너지 발산은 외부 세계를 지향하는 외향이었고 정보를 받아들이는 형식은 오감보다는 육감과 영감을 더 신뢰하는 직관형이며, 머리가 냉철한 사고형보다는 가슴이 따뜻한 감정형이었다. 그리고 성격 지표인 상황의 결론은 과정 중시의 인식형이 아닌 결과 중심의 판단형이었다. 즉, 내 성격은 성격 심리유형 분석(MBTI)에서 나눈 16가지 성격 중 한국인 100명 중 1.8명만이 타고나는, 가장 적은 성격 유형인 외향직관 감정판단형(ENFJ)이었다.

우리나라 국민성을 대표하는 성격이 ISTJ(성실근면형)이라면 내 성격을 대표하는 말은 동기부여 화합형이다. 이 성격을 좋게 말하면 화합의 메신저이지만 나쁘게 표현하면 선동가에 해당한다. 이 성격의 특징은 계산적이지 않고 숫자 놀음에 약하다. 그래서 내기를 한다든지 딱지치기를 해도 승리에 집착하기보다는 지는 쪽에 마음이 간다. 져야 오히려 편하다는 것이다. 즉 숫자적인 목표보다는 정서적 감정적인 만족을 더 높게 평가한다.

이런 성격이라서 수학 공부가 싫었는데 문제는 상급학교에 진학하기 위해서는 수학 점수를 외면할 수 없다는 사실이었다. 그래서 시험공부를 하면서 점수를 잘 받기 위해서 머리끈을 질끈 동여매고 매달린 과목이 수학이었다. 아무리 열심히 공부를 했다손 쳐도 수학 점수가 만족할 만큼 잘 나온 것은 아니었다.

그랬던 내가 산수 공부를 제대로 한 것은 사회생활을 하면서였다. 믿음과 사랑은 늘 더하기, 욕심과 집착은 빼기, 소망과 배려는 어디서나 곱하기, 슬픔과 외로움은 항상 나누기라는 '철학 산수'를 터득한 것이다.

나누어야 할 것을 곱하면 인생이 고달프고, 북돋아야 할 것을 빼앗으면 시름 가득한 세상살이라는 것을 세월이 가르쳐 주었다. 산은 거듭 곱해 주고 싶어 늘 한 자리에 우뚝 서 있고, 강은 더해 주고 싶어 낮은 곳으로 졸졸 흐른다는 것을 강산은 말없이 보여주고 들려주었다.

부질없는 숫자 놀음에 집착하기 보담은 어질고 참된 길을 천천히 걷다 보면 인생길에 서 저절로 철이 들게 된다. 그런 생각으로 긍정적이고 유쾌한 일은 더하고 곱해 더 많은 이들과 나누었고, 비관적이며 나쁜 생각은 빼거나 나누는 방법이 좋은 산수법이라는 생각을 하게 된 것이다. 내가 산수와 수학에서 얻고자 했던 삶의 방정식은 이미 역사책과 성인들이 걸어간 길을 밝혀준 성경과 동서고금에 더 친절히 쓰여 있다. 셈을 잘하는 것보다, 제대로 된 셈을 잘 찾는 길이 중요하다. 아직도 나는 세상 목마름을 해갈하는 길을 찾아 철학 산수를 공부 중이다.

소나무야!

숲에 들어

그 숲으로 천천히 걸어갔어요.
한 줄기 바람이 불어 왔어요.
몇 가닥 햇살이 흘러내려요.
새들 노랫소리 조용히 울려 퍼지고
푸른 나무 잎새 토닥토닥 안는 소리
작은 풀꽃들 도란도란 속삭이는 소리
사랑해 사랑해 너를 사랑해

그 숲으로 천천히 걸어갔어요.
한 바닥 구름이 내려왔어요.
몇 가닥 비 님이 따라 왔어요.

벌 나비 꿀을 따는 부지런한 발길
다람쥐 청설모 밤을 찾는 눈길
숲속 생물들 도란도란 속삭이는 소리
사랑해 사랑해 너를 사랑해

　나는 소나무를 좋아한다. 사철 변함없이 푸른 잎새를 찌를 듯이 흔드는 모습이 좋다. 내 고향 해안가에 방풍림으로 서 있는 곰솔의 굳건함도 좋다. 마을을 지켜주는 해송의 친근함이 좋다. 어쩌면 내가 태어나서 만난 첫 나무이자 학교를 다니는 길목에서 제일 많이 만났고 가장 흔하게 볼 수 있었기에 그만큼 친근감이 깊은지도 모른다.

　소나무는 따로 씨앗을 뿌리지 않아도 솔방울에서 퍼져 나온 씨앗이 어딘가에 자리 잡으면 싹을 틔웠다. 그곳이 흙이 있고 발아할 정도의 요건을 갖추면 어디라도 좋았다. 막 자라기 시작하는 소나무는 다복솔이라고 불렀다. 가지가 많이 퍼져 탐스럽고 소복했다. 봄이 되면 새순이 자랐는데 아이들은 그 순을 잘라 먹기도 했다. 연한 새순은 새콤하면서 상큼하고 부드러웠다. 일 년이 지날 즈음이면 속부터 나뭇가지의 형체를 갖추는데 그걸 잘라서 겉껍질을 벗겨내고 속껍질을 벗겨 먹으면 솔향이 짙었다.

　내 어린 날 십 리를 오고 가는 동안 배는 늘 고팠고 집은 멀었다. 넘어야 할 산은 두 봉우리나 남았는데 소나무는 가지마다 송홧가루를 뿌려 눈앞을 노오랗게 물들였다. 지게 작대기가 필요할 때 소나무를 잘랐다. 썰매 손잡이 꼬챙이가 필요할 때도, 부엌 아궁이를 헤집을 부지깽이가 사라졌을 때도 소나무 가지를 잘랐다. 반듯하게 뻗은 소나무를 베어 응달에 말렸다가 시차를 두고 바닷물에 담갔다. 좀이 쏠아대는(잘게 물어뜯다) 것을 막고 나무가 뒤틀리는 것을 방지하기 위한 자연건조 방법이었다. 그렇게 갈무리하여 서까래와 대들보로 썼다. 단단하고 곧은 소나무는 기둥이 되었다. 소나무가 이렇게 우리 민족의 삶 속에 깊숙이 들어온 이유는 송진이 있어 벌레가 잘 쏠지 않고 송진 덕분에 한겨울 추위에도 푸른 잎을 벗지 않았기 때문이다.

어릴 때 산에 나무를 하러 가면, 갈퀴로 솔가리를 긁어모아 지게 가득히 짊어지고 오면 어머니가 참 좋아하셨다. 솔가리는 화력도 좋지만, 사그락사그락 타는 불이 찌개를 끓이거나 생선을 굽는 데 안성맞춤이었다. 장작에 불을 옮길 때도 좋았고, 솥에 뜸을 들이거나 숭늉을 끓일 때도 최고였다. 솔방울도 최고의 목재 연료였다. 교실 난로에 솔방울을 넣으면 연기도 안 나면서 금방 온기로 가득해졌다. 솔방울에 불이 붙어 타는 모습을 보면 불 속에 석류가 익어가는 것 같았다. 죽은 소나무의 뿌리와 등걸도 나무꾼에게 좋은 땔감이었고, 청솔가지 또한 훌륭한 연료였다.

십수 년 전부터 소나무 재선충이 전국 산야를 덮었다. 수많은 소나무가 고사하고 병든 나무 이웃의 소나무들도 마구 베어졌다. 임업과 관련된 과학기술이 엄청나게 발전했다고 들었는데 날아다니는 작은 해충 때문에 소나무가 당한 수난을 어쩌랴.

나는 소나무 중에서도 금강송을 특히 좋아한다. 붉은 나무 표피도 정겹지만, 하늘을 향해 곧게 뻗은 기둥과 좌우 수평으로 펼쳐진 가지들의 운치는 청렴하고 의리에 밝은 옛 선비의 위엄과 품격을 닮았다. 늠름하고 꿋꿋하게 하늘로 뻗은 금강송을 만나려고 월정사와 울진 소나무 숲을 몇 번이나 찾아갔다. 숲에 서서 귀를 기울이면 금강송의 이야기가 들려온다. 솔숲에 이는 바람은 사르락사르락 가지마다 사연을 걸어둔 듯하다.

일제 강점기 때 우리 산야에 심은 일본산 리기다소나무가 많이 퍼져 고유의 소나무인 육송과 해송이 설 자리를 잃어감이 안타깝다. 수십 년 전의 녹화사업이 벌거숭이 민둥산에 산새들이 노래하고 메아리가 울려 퍼지도록 나무를 심었다면, 이제는 수 백 년 뒤를 내다보는 계획 조림, 경제 조림으로 우리 소나무도 지켜야 할 것이다.

소나무를 좋아하는 나도 소나무처럼 살고 싶다. 이웃에 지천으로 자라는 소나무지만 녹색의 군복을 입은 듯 나라와 겨레 사랑을 실천하는 일꾼이 되고 싶다. 솔향처럼 그윽한 향기와 친근한 모습으로 이웃과 사회, 그리고 세상을 사랑하고 싶다.

길잡이와 지팡이

익숙하지 않은 이별

어제는 모진 말을 뿌리며 가슴에 상처를 심었지
오늘은 후회가 돼 어찌 네 맘을 돌릴 수 있을까
꿈이었다면 차라리 드라마 속 대사였다면 좋겠어
유난히 차가운 바람이 내 심장을 뚫고 지나가네

헤어진 지금 이 시간이 너무 싫어 너무나 싫어
어제와 오늘이 이렇게 다를 줄 내가 미처 몰랐어
보내지 말 걸 가라지 말 걸 수십 번 되뇌어 보네
내 마음 깊숙이 박힌 그대 언제나 그 자리에 있는걸

누구나 마음속에 몇 가지의 다짐을 하며 살아간다. 나 또한 청년기부터 새겨둔 몇 개의 문장이 있는데 '미워하지 말고 사랑하며 살자'란 문장을 맨 앞자리에 얹어두었다. 살면서 내 이웃과 주위의 모든 사람이 내 마음에 꼭 찰 리는 없다. 아무리 좋게 보아도 미운 구석만 도드라지게 드러나는 사람도 있고, 쳐다만 봐도 화가 나서 속상하게 만드는 사람도 있다. 나 또한 다른 이의 마음속에 미움과 사랑을 같이 심어주고 있을 것이다. 그러함에도 미움은 사랑을 만나면 번번이 지고 만다. 사랑하는 마음은 특별한 에너지와 마법이 들어있어 그 어떤 것들도 이기게 마련인 것이다.

사랑하는 마음으로 일을 하면 훨씬 능률이 오른다. 사랑한다고 말해주면 상대방도 웃음 띤 얼굴로 화사하게 맞받아준다. 사랑의 손짓, 사랑의 표현, 사랑의 노래를 하면 주위에 꽃이 피고 좋은 기운이 번진다. 또한, 사랑은 너와 나를 이어주고 우리가 되게 한다. 기업과 조직에 속해 일할 때도 각개전투보다는 육해공 연합작전이 훨씬 더 큰 결실을 본다는 것을 누구나 경험하였을 것이다.

이것은 곧 우리가 사는 세상이 더불어 살아야 할 공동체이고, 기업도 유기적인 그물망을 함께 펼쳐 가치와 이윤을 더 많이 창출해야만 존립할 수 있는 조직이라는 말이기도 하다.

그러나 물질문명이 발전하고 풍요로워질수록 사람들은 개인주의화 고립화되어가기 마련이다. 경쟁은 더 치열해져서 선택받는 사람만큼, 버림당하고 소외되는 사람도 늘어난다. 거기다 자식을 한둘만 낳으니 형제도 많지 않고 세상살이에 길잡이가 되어줄 일가친척도 드물다.

그런 각박한 세상의 단면을 보여주는 것이 1인 세대의 증가 추세요, 평생직장이라는 일터가 점점 사라지는 현상이다. 즉, 우리 사회가 따사로운 정을 기반으로 했던 인간관계 사회에서 이해타산적이고 배타적 인간관계로 삭막해지는 것이다. 타인인 누군가와 친밀하게 지내기보다는 서로를 경계하며 살아야 하는 디지털 로봇, AI 세상이 되어간다.

　이런 세상에서 지혜롭게 살아가는 것은 내가 상대방을 포용하고 품는 길밖에 없다. 경쟁상대에 대한 미움과 싸움의 칼을 내려놓고, 두 손에 사과 상자를 들어야 한다. 사과한다는 것은 내 잘못과 허물을 있는 그대로 인정하고 상대에게 용서를 청하는 마음이다. 세상이 험해질수록 우리는 기댈 언덕을 잃게 된다. 그만큼 기댈 언덕이 있어야 하는 것이기도 하다. 혹시 지금 누군가와 등을 돌리고 있다면, 그 등을 기댈 언덕으로 변화시키기 위해서 내가 먼저 손을 내밀어야 한다. 발목을 잡기보다 손목을 잡아 주어야 마주 설 수 있다. 먼저 손을 내미는 사람이 어두운 밤길을 이끌어줄 지팡이를 잡을 수 있기 때문이다.

들꽃처럼 피어 노을로 지리라

동백 피는 어느 날

그대 떠난 꽃자리 함께 걷던 그 길에
호젓한 동백꽃 그림자 쓸쓸히 피었다오.
눈앞에 아롱지는 눈물은 노을이 다 훔쳐 가고
눈앞에 떠오르는 당신은 세월이 다 훔쳐 가고
우리의 시간은 밀봉되어 가지마다 잎을 틔웠소
우리의 언약은 흩어진 채 가지마다 꽃을 피웠소.

그대 떠난 잎 자리 함께 걷던 그 길에
아릿한 동백꽃 그림자 아슴히 젖었다오.
눈앞에 일렁이는 물결은 바람이 다 쓸어가고
눈앞에 출렁이는 파도는 그대가 다 쓸어가고

우리의 내일은 그리움의 돛대 위에 꿈을 키웠소.

언젠가 다시 만나 안부를 물으리다 소망을 피웠소.

　나는 풀과 꽃, 나무를 참 좋아한다.

　주위에 흔하게 자라는 어지간한 풀과 꽃, 나무 이름은 거의 알고 있으며 그들이 어떤 환경에서 자라고 빛깔과 향기는 어떠하며 열매와 뿌리 그리고 줄기와 잎이 한의학적으로 어떤 약성을 지니고 있는지도 대강 알고 있다.

　나는 지구가 입고 있는 옷이 풀과 나무라고 생각해 왔다. 작은 들풀은 지구의 내복에 해당하고 큰 나무는 지구의 외투 역할을 한다고 여겨왔다. 지구의 속옷에 해당하는 작은 들풀은 그들만의 알록달록한 꽃무늬로 피어난다. 그 꽃무늬는 향기도 그윽하다.

　그런데 지금 지구는 온갖 도벌꾼, 개발업자에 의해서 발가벗겨지고 속살까지 드러내야 하는 굴욕을 당하고 있다. 그렇게 헐벗은 지구는 아토피에 걸려 두드러기가 발진한 어린아이 피부처럼 사막화가 되어가고 있다. 또한, 지구촌의 허파 역할을 하는 산림이 개발과 벌목이라는 미명아래 불타고 파헤쳐지고 있다. 지구가 사막화될수록 인간의 삶도 황폐해진다는 것은 두말이 필요치 않다.

　이제 우리는 헐벗은 지구에 새 옷을 갈아 입혀주는 조경작업을 대대적으로 펼쳐야 한다. 개발은 숲을 조성할 공간까지 함께 이루는 것을 의미하고, 벌목은 새로운 조경수를 심기 위한 백년대계의 나무 솎아내기 간목이 되어야 한다. 베어내고 자르기만 한다면 균형을 잃게 된다.

홍수가 나고 산사태가 나기 마련이다. 어떤 개발에도 그에 상응하는 조림과 숲 가꾸기는 필수가 되어야 한다.

　내 어릴 때 고향 집 뜨락에 참나무와 산사나무를 심었다. 그 옆에 단풍나무와 산수유나무를 심었다. 그리고 해마다 가지치기와 거름주기를 해 왔다. 지금은 그 나무가 반백 살이 넘었고, 가을이면 어린 손주들에게 갖가지 열매를 선사해 주는 할아버지 나무로 자랐다.
　고향 집 주변에는 내가 나무를 심기 이전에도 열매를 맺던 나무들이 제법 있었다. 반시나무와 대추나무는 우물가에 있었고 무화과와 자두나무는 대문 앞에서 자랐다. 집 뒷산에는 대봉감이 열리는 감나무와 쭉 뻗는 키가 일품인 가죽나무와 매끈한 몸매가 돋보이는 벽오동나무가 서 있었다. 그런 나무를 볼 때마다 누가 심었는지 궁금했다. 아마 내가 한 번도 뵙지 못한 증조부와 고조부께서 후손들을 생각하며 심었을 테다. 그 나무가 자라 가구가 되고 지붕을 받치는 기둥이 되고 안방 대청에 깔리는 마루판이 되길 소망하셨을 테다. 그러니까 나무를 심는 것은 당대의 수확을 위해서가 아닌 후대의 자손들을 생각하며 그들이 살아갈 세상이 푸르기를 바라는 염원이 담겨 있는 것이다.

　국토의 70%가 산악지대인 우리나라의 경우 조림산업과 임업이 산업의 밑거름이 될 수 있다. 산기슭에는 어린 날의 서정이 살아 숨 쉬는 과실수와 꽃나무를 심을 일이다. 숲이 우거질 수 있는 중간부 이상에는 편백, 잣나무, 전나무, 삼나무 같은 목재용 나무를 심어 백 년 후를 대비해야 한다.

훗날 내가 세상을 떠난 뒤에도 우리 후손들은 큰 나무 아래 옹기종기 모일 것이다. 할아버지가 미리 챙겨준 따신 외투는 사람만이 아니라 강산에도 푸르고 깊은 옷 입혀주었고 그 덕분에 맑은 공기와 푸른 하늘을 지키고 있다는 덕담을 듣고 싶다.

여행을 떠나요

길 위에서

새날이 밝았구나. 행복할 또 하루
노래하는 새들과 노래하는 네가 있어
우리는 짝꿍 되고 우리는 동무 되고

네가 있어 좋구나. 행복할 또 하루
노래하는 꽃들과 노래하는 네가 있어
우리는 꿈이 되고 우리는 희망되고

함께 걸어야 아름다운 이 길
함께 나눠야 더 즐거운 웃음
우리는 정이 되고 우리는 사랑 되고

사는 동안 가보고 싶은 곳은 숱하게 많았지만 돌이켜 보면 마음만 먼저 보냈을 뿐이었다. 때론 버킷리스트 목록에 적기도 했고, 텔레비전과 책을 통하여 접한 곳에 꼭 가겠다고 수첩에 큰 글씨로 동그라미를 쳐 놓기도 했다. 마음이 설레던 어떤 날은 당장이라도 떠날 듯이 인터넷을 뒤져 비행기 표를 알아보고 숙소를 수소문하기도 했다.

그렇지만 당장 눈앞에 쌓인 일정과 동행할 사람의 스케줄을 조정하느라 번번이 여행의 기회를 놓치게 되었다.

나이가 들수록 그리워지는 것도 많고 돌아가 보고 싶은 곳도 쌓인다. 내 가슴속에 담긴 미안한 이들에게 용서를 청하고 싶은 지난날이 나를 부르는지도 모를 일이다.

내가 다녀 온 곳 중에서 가슴에 오랜 여운을 남긴 여행은 부모님, 그리고 장모님을 모시고 다녀온 여행이었다. 아마도 그분들은 나보다 더 가고 싶으셨고, 내가 모셔가지 않으면 그곳에 가실 수 없으셨기에 여운이 더 깊이 남았을 테다.

여기에 여행을 다녀온 곳을 구체적으로 명기하지 않아도 부모님을 모시고 가는 여행은 그 자체로 큰 의미가 있다. 며칠 동안 함께 밥을 먹고 잠을 자고 차를 타면서 하루 온종일을 동행하는 기쁨은 나보다 부모님께 더 크다. 자식도 품안에 있을 때까지는 보호를 받고 감싸안는 자식이지 머리가 크면 새로운 가족을 이뤄 완전히 다른 개체의 삶을 살게 되니까.

여행에 대한 나름대로의 생각을 정리한 것이 몇 가지 있어 여기 옮긴다.

무엇보다도 여행은 내가 만남을 위해 떠나지만 오히려 세상이 나를 보도록 다가서는 행위라는 생각이다. 내가 낯선 어느 곳을 가면 그곳이 나에게 다가온다는 느낌이 든다. 기다렸는데 왜 진작 오지 않았냐는 그런 물음이 강하게 와 닿는다. 그렇게 나를 향해 다가선 그곳은 내가 보는 만큼 알게 되고 아는 만큼 볼 수 있다는 깨달음을 선사해 준다.

또한 아름다운 산천을 찾아가는 경우는 산천이 나를 그리워하여 계속 부르고 있었다는 생각이 든다. 자라면서 공부하면서 또 세상을 살면서 내가 거쳤던 그 공간은 내 추억 주머니에 담겨서 꺼내기만 하면 언제든 나를 반겨주는 것이다.

여행은 추억을 더듬으러 가지만 또다시 아롱질 사연을 뿌리고 오는 길이다. 어느 시기 정답던 사람과 걸었던 거리, 맛있는 음식을 나눠 먹었던 식당, 깔깔거리며 먹던 군것질, 유쾌한 웃음을 선물했던 서커스단, 특별한 풍경들은 가끔 기억저장고에서 스프링처럼 튀어나와 회상의 세계로 나를 데려간다. 지금은 내 주위에 먼 길 떠나는 분들이 계속 늘어나고 있다. 내 아버지와 장모님과 학기 형이 그렇다. 중학교 친구와 사회에서 만났던 몇 사람이 먼저 떠났다. 떠난 분들을 기억하는 이유는 그리움 때문이다. 그리움은 특정한 이유를 마련하지 않아도 툭 튀어나오곤 한다. 노랫말이, 색깔이, 특별한 내음이, 음식이, 장소가 누군가를 떠올리게 하는 것이다. 사람을 추억하는 길에 우리는 나이 들고 철들어 또 하나의 사연을 심어 놓고 돌아오는게 아닐까.

여행을 떠나면 머물 곳을 두리번거리지만 머물렀던 곳, 떠나고 싶었던 곳이 결국은 내 삶의 여정이었음을 알게 된다. 떠나고 싶었던 만큼의 사연이 나에게 손짓하는 곳이라 여행이 길어질수록 내 쉴 곳은 내 집이라는 생각이 더 깊이 스며든다.

여행은 나를 떠난 그리운 사람이 마중 나올 것 같은 설레임으로 떠나지만, 잊지 못한 내가 그 추억을 오롯이 배웅하는지도 모른다. 그리워 찾아가도 그리운 이는 간데없고 나 홀로 그 그리움을 토닥토닥 묻고 오는 것이 여행 아니던가?

통일을 기다리며

통일의 노래

가자, 가자, 우리 함께 가자,
오라, 오라, 우리 함께 오라,
남녘 사람은 북으로 북으로 걸어가고
북녘 사람은 남으로 남으로 걸어오라

가라, 가라, 우리 함께 통일 조국의 길 찾아 가라
오라, 오라, 우리 함께 통일 조국의 길 찾아 오라

우리가 가는 곳이 금강산 백두산이고
너희가 오는 곳이 지리산 한라산이지
동해의 푸른 물 배 띄워 오라

서해의 푸른 물 배 띄워 오라

남해에서 만나면 얼싸안고 배를 띄워 춤을 추라
백두에서 만나면 얼싸안고 기차를 타고 달려 가라

펴자 펴자, 우리 함께 펴자,
웃자 웃자, 우리 함께 웃자,
잘린 허리 아프고 아팠으니 이제 바로 펴자
동강난 몸 아프고 아팠으니 이제 바로 묶자

너도 잘났어 나도 잘났어 우리 모두 잘났어
앞으로 잘 살 거야 우린우린 하나로 살거야

내가 즐겨 부르는 가곡이 '그리운 금강산'이다. 그리운 금강산을 부르면 일만이천 봉우리가 파노라마처럼 뇌리를 스쳐간다. 수수만년 아름다운 산, 못가본지…… 못 가본 세월이 섧고 못 가는 발길이 아쉽다. 우리는 언제쯤이면 자유롭게 금강산을 여행하고 기차를 타고 평양을 거쳐 백두산까지 갈 수 있을까?

내가 특정한 장소에서 부르는 노래 중에 '우리의 소원'이 있다. 이 노래는 1947년에 만들어져 남북한 온 국민의 애창곡이 되었다.
그런데 이 두 노래를 부를 때면 안타까움만큼이나 답답하다는 생각이 든다. 늘 소원을 빌고 북녘 하늘에 있는 풍경들을 그리워만 하는 것이 다는 아니기 때문이다. 즉, 소원은 이루어야 하고, 그리움은 다가가고 찾아서 만나야 하고, 쌓인 한은 어루만져 풀어내는 것이 바람직하다는 생각에서이다.

즉, 통일의 노래는 소원을 비는 차원에서 어떻게 행동하고 동참해 실질적인 조국통일과 분단된 국토의 허리를 다시 잇고 백의민족 민족성과 혈통을 회복하느냐가 관건이다. 그런 생각을 하면서 나는 통일의 노래와 예술을 남북 모두 활발히 창달시키고 그런 과정에서 얻게 될 새로운 노래나 문학 작품이 결국 우리 대한민국 칠천만 겨레의 통일을 이끄는 원동력이 될 수 있다고 생각한다.

그런 마음으로 앞으로는 '그리운 금강산'과 '우리의 소원'과 함께 새로운 '통일의 노래'를 우리 7천만 겨레가 부른다면 어떨까?

자운영 꽃물결

자운영

풋거름 되고 싶은 자색의 내 마음
메마른 논바닥 물 마시는 소리에
외양간 워낭소리 쟁기를 닦았으니
연보라 군무에 출렁이는 봄 들녘

나는 풋거름 되리라 풋거름 되리라
너는 황금들판 실한 이삭 되게 하려
나는 녹비가 되리라 거름이 되리라
너는 꽃숭어리 화관 쓰는 가을 들녘

봄날은 자운영 꽃물결이 군무를 추며 맞이했다. 겨우내 메말랐던 논에 봄바람이 일면 토끼풀처럼 돋아나는 풀이 자운영이다.

자운영은 콩과 식물로 모내기를 위해 논을 갈아엎기 전 보랏빛 꽃을 피운다. 벼가 익어가는 황금들판이 자연이 선사해 주는 가을 풍경화라면, 보랏빛 넘치게 출렁이는 자운영 물결은 봄의 교향악을 들려주는 지휘자의 연미복 뒷자락처럼 감미로운 풍경화이다. 더 의미 있는 것은 이 자운영 넝쿨과 꽃이 논에 좋은 거름이 된다는 것이다. 자운영의 진초록 잎사귀와 줄기, 꽃잎까지도 작년 농사로 기운이 약해진 토양에 녹비가 되어 어린 모가 무럭무럭 자라도록 자양분이 된다는 사실이다.

자운영이 녹비가 될 즈음이면 들판도 분주해진다. 하늘에는 종달새가 지지배배 합창을 하고, 쟁기를 짊어진 누렁이는 워낭소리를 울리며 주인의 소몰이 소리에 귀를 기울였다. 이 시기 들판에서 들려오는 소리 중 가장 반가운 소리는 논바닥이 물 먹는 소리다. 겨우내 메말랐던 논바닥에 물꼬를 틔우면 갈라터진 논바닥에 물이 고이는 소리는 해갈의 영토로 가는 지름길이다. 물꼬를 통해 흐르는 물이 말라서 살갗을 드러낸 땅에 스며들 때면 몇 개의 사막을 지나오느라 온 몸의 수분이 죄다 증발해 버린, 목마른 사람이 반갑게 물을 들이키는 소리를 낸다.
자운영처럼, 잔설 녹지 않는 응달에 꽃이 되고 거름이 되고 싶다. 두엄더미에서 푹 썩은 찰진 거름은 못 될지언정 쟁기에 엎어져 땅속에 질소비료가 되는 자운영처럼 살아내고 싶다.

하모 하모, 장어야

하모 하모, 그래그래

1. 봄

　까만 등에 하아얀 배 도다리가 싱싱했지

　해쑥을 뜯어 넣은 도다리쑥국, 맛났지

　온 동네 사람들 몰려 가마솥에 불 피웠지

2. 여름

　은빛 떼로 몰려오는 멸치들이 싱싱했지

　온몸에 묻어오는 비린내도 정겨웠지

　온 동네 사람들 몰려 어기영차 그물 올렸지

3. 가을
꼬물꼬물 주꾸미는 짧은 다리 당당했지
조개껍질 빈 곳마다 집을 짓고 알을 낳지
온 동네 사람들 몰려 호로로록 삼켰었지

4. 겨울
어쩌다가 대구들이 몰려드는 한겨울에
곤이 가득 알이 가득 고마워서 어찌하지
온 동네 사람들 몰려 용왕님께 절을 했지

동해면은 낙동강에서 흘러나온 민물과 태평양을 건너온 바닷물이 하나 되어 도안만을 지나 고성만으로 흘러오는 길목이다. 고성만을 지나면 견내량이고 한산섬, 연화도, 욕지도, 매물도를 지나 대한해협으로 흘러가거나 전라도 울돌목과 노량만을 거쳐 서해로 흘러간다. 그래서 먼바다에서 잡히는 물고기는 드물지만, 육지 가까이서 잡히는 물고기는 종류가 다양하고 기수역 해안에서 잡히는 물고기라 맛도 최고이다.

그중에서도 갯장어 회는 전국적으로 유명한 특산물 중 하나이다.

하모는 경상도 사투리로 '아무렴'이란 뜻이고 갯장어의 일본말이다. 갯장어 하모는, 일제강점기에는 우리나라 사람들은 잘 안 먹던 고기인데 일본사람들이 정력에 좋다며 마구 잡아가는 바람에 우리나라 사람들도 강장식품으로 즐겨 먹고 있다. 특히, 포장마차의 안줏감으로는 최고급에 해당하는 꼬순 안줏거리다.

　장어류가 조개 등 어패류를 주요 먹이로 삼고 구멍 집에 살아서인지, 일본어로 장어를 아나고(붕장어), 하모(갯장어)로 부르는 탓인지, 종종 야설의 안줏거리가 되기도 한다.

　갯장어는 뱀장어보다 가죽이 쭈글쭈글하고 탄력이 없어 보여, 겉모습을 보면 별 매력을 못 느낀다. 또한, 잡히는 계절이 여름철이라 일 년 내내 먹는 다른 장어에 비해 일부 미식가들만의 단골 메뉴였는데 지금은 없어서 못 먹는 인기 메뉴가 된 것이다. 식자재의 특성상 귀하면 비싸게 마련이고, 그런 소문이 도는 순간 값이 배가 되는 이 아이러니를 어쩌랴.

　50년 넘게 어장을 하고 있는 친구에 의하면 '하모'는 분명 값나가는 맛 난 음식인 것만은 확실하다.

　나는 하모회의 식감도 좋지만 '아무렴, 그렇고말고'라는 느낌을 주는 어감이 더 좋다. 함께 사는 사람들이, 사업을 하는 사람들이, 사랑하는 사람들이 하모, 하모를 외친다면 전적으로 공감하고 적극 동의한다는 뜻이다. 우리나라의 노사관계도, 정치권도, 남북관계도, 모두 하모 하모가 되어야 한다. 그래서 나는 하모가 잡히는 여름철이 되면 고향 친구들에게 하모를 부탁해 하모 하모 소리를 듣고 싶은 분들과 함께 하모회를 먹는다.

형형색색

형형색색

1. 하늘 바다 그 빛 좋아 파랑을 좋아했어요.
   당신 닮은 장미 좋아 빨강이 좋았지요.

2. 세상이 어지러워 잿빛 하늘 물들었어요.
   내 허물이 미울 땐 짙은 솔빛 좋았어요.

(후렴) 단풍 물든 가을 산빛 어머니 무늬 같아
   세상 가장 아름다운 형형색색 빛깔이요.

세상에서 가장 아름다운 색이 어떤 색일까? 태극 문양 속 파랑일
까? 빨강일까? 아니면 봄날 가인처럼 피어나는 수선화, 개나리꽃 노

랑인가?

나는 세상에서 가장 아름다운 색이 형형색색이라고 생각한다. 구절산에 물드는 만추의 빛깔이 형형색색이고, 알록달록 만발한 국화도 형형색색이다. 그중에서도 내 어머니의 작업복, 몸빼 바지(일 바지)의 흐드러진 꽃들 색깔이 형형색색이다.

색깔은 그 대상의 특징을 대변한다. 국가별 국기 색이 그 나라 국민성을 대변하고 사람들 입고 다니는 옷 색깔이 그 사람의 심리와 정서를 나타낸다.

형형색색은 융화를 의미한다. 한 가지 색이 아닌 수많은 색깔이 서로를 존중하고 그 개성을 인정해야만 형형색색이 되는 것이다. 내가 가진 색깔이 최고라는 자기주장과 아집을 버릴 때 형형색색의 밑그림이 완성된다.

또한, 형형색색 빛깔의 통합을 의미한다. 지금 우리나라는 지역, 이념, 계층별 통합이 절실하다. 상대방의 빛깔을 인정 않고 무시하며 모든 색을 버무리면 그 색은 회색이 된다. 회색은 어둠의 색이며 모든 식물이 시들어가는 겨울 하늘 같은 색이다. 우리나라, 우리 사회가 서로의 빛깔을 인정하고 존중하게 된다면 우리는 분명 화합과 평화의 세상으로 나아가게 될 것이다. 몸빼 바지를 입고 우리를 키워주신 어머님 품 같이 평화롭고 따사로운 세상을 열 것이다.

멜로디와 라르고

라르고

내 젊은 날이 주저 없이 쏜 화살처럼 빠르게 지나갔네
세상을 얻고 싶어도 내 발걸음은 느림보
내 손길은 머뭇대며 서성이는 비바체였네

저물녘 노을이 살며시 내려앉아 흐린 지평을 바라보네
세월이 성큼성큼 흘러도 내 발걸음은 제자리
내 손길은 침착하게 아다지오로 걷고 싶었네

내 인생 중천의 햇살은 쏜살같았네
뒤돌아볼 새도 없이 앞만 보며 뚜벅뚜벅
내 그림자가 홀로 외로웠을 모데라토였다네

이젠 달님도 소나무에 기댄 언덕에서
달그림자 품고 싶어 드넓고 느린 박자
라르고 라르고 라르고 휘파람 불고 싶네

나는 노래를 참 좋아한다. 노래하는 사람을 참 좋아한다. 그래서 노래하는 시의원이라는 별칭도 얻었고 베짱이라는 별명도 붙었다.

그럼 나는 어떤 노래를 좋아할까? 우선 나는 멜로디가 정겨운 노래를 좋아한다. 즉 리듬이 인간적인 노래가 좋다. 삶의 희로애락과 애환을 진솔하게 표현한 멜로디가 좋다. 박자도 너무 빠르고 변화가 심한 노래보다는 조용히 삶의 언저리를 음미하는 분위기의 노래가 좋다.

고음인 높은음자리보다는 저음인 낮은음자리가 좋다. 고음이 나무의 꽃이나 열매라면 저음은 나무의 뿌리라고 말할 수 있다. 테너가 하늘에 떠 있는 구름이라면 바리톤은 땅 위 논밭과 같은 터전이고 토대이다. 그래서 테너보다는 바리톤 음으로 노래하는 것이 나에게는 맞다.

돌이켜 보면 나는 이십 대와 삼십 대는 비바체(빠르고 경쾌하게)와 알레그로(빠르게) 박자로 살았다. 사십 대를 모데라토(보통 빠르기)로 살았다면 오십 대는 안단테(느리게)로 살았다. 이제는 아다지오(느리고, 침착하게)와 라르고(느리고 폭넓게)로 살려 하며 삶을 노래하고 싶다.

더 중요한 것은 하모니가 될 수 있는 노래를 부르고 싶다. 솔로로 시선이 집중되는 무대에 서기 보다는 아름다운 하모니의 일부가 되는 합창의 무대에 서고 싶다. 그 이유는 나 혼자 부르는 노래가 아닌 여럿이 함께 어울려 부르는 노래, 그 오묘한 하모니의 조화를 이루는 초석이 되고 싶다.

내가 이 뮤직에세이를 책으로 엮고 부족함에도 음반 CD에 내 목소리를 담는 것도 우리가 살아가는 이 세상이, 타고난 저마다의 소질이 아름다운 조화를 이루고 각각이 꿈꾸어 온 미래의 희망을 화음으로 표출해 내는 소중한 사람들이 되길 바라는 마음에서다. 또한, 그렇게 살아가는 이들을 찬미하고 싶어서이다.

내 어머니를 생각하며

어느 날

줄장미 흐드러진 울타리 집 너머에
담쟁이 무성한 붉은 벽돌 담장 안에
그 누가 살고 있을까 까치발을 세웠어요.

보랏빛 오동꽃이 피었다 떨어지는
노란 꽃술 찔레꽃 향기를 뿌려주는
어머니 가슴 꽃밭에 저란 꽃은 피었나요.

미움도 원망도 따지지도 않을래요.
그리움도 보고픔도 기다림도 참을래요.
이렇게 낳아주셔서 고마워요 감사해요.

내 어머니는 5남 1녀를 낳으셨고, 나는 넷째다. 아버지는 청년 시절 일본에서 지내시며 신식 문물을 접하셨고 해방과 함께 귀국하셨다. 아버지는 생각이 남다른 분이셨고 자식들의 교육열도 높았다. 아버지는 농업과 어업의 바깥 일을 주로 하셨지만, 어머니는 그 일들은 물론이고 6남매를 키우는 일까지 맡으셨으니, 노동의 무게가 얼마나 힘드셨을지 짐작하고도 남음이 있다. 시골에서는 딸들이 부엌일을 대신해 드리는 경우가 많았지만, 어머니가 낳은 고명딸은 막내였다. 서운하지 않게 끄트머리에 겨우 딸을 낳아 딸 없는 아쉬움은 풀어졌지만, 그 막내딸이 어머니의 노동을 얼마나 대신해 주었을지는 모를 일이다.

내가 초등학교에 입학할 무렵 큰형과 둘째 형은 도시로 떠나고 없었다. 읍내까지 30리 넘는 육로를 이용하는 것보다 선박을 이용하여 마산이나 부산으로 유학하는 길이 빨랐으므로 두 형은 도시로 떠난 것이다.

바로 위 학기 형은 딸 같은 아들이었기에, 어머니를 잘 도와드렸지만 나는 노래하고 친구들과 노는데 정신이 팔려서 개구쟁이 아들 노릇을 톡톡히 하고 있었다. 나는 또래 친구들보다 키가 크고 덩치가 큰 편이었다. 친구들의 놀이에 나는 선발 대장이었고 내가 은근히 자기네 팀이 되길 바라는 눈길이 간절했다. 나를 원하는 친구들이 많으니 놀이의 기구를 구하거나 방법을 찾는 것도 내 몫이었다.

어느 뜨거운 여름날, 친구가 휘두르는 작대기가 내 머리를 강타했다. 친구는 자치기의 막대를 멀리 보내려고 있는 힘껏 날렸는데 내 머리통에 적중한 것이다. 피가 퐁퐁 솟구쳤고 나는 자지러졌다. 콩밭에서 김을 매던 어머니는 나는 듯이 달려오셔서 수건을 동여매고 나를 둘러업으셨다. 산을 두 개나 넘고 한참을 또 걸어 약방에 내려놓으셨다. 그때 이미 나는 어머니만큼 키가 컸고 몸무게 또한 만만치 않았을 터인데 어디서 그런 힘이 솟구쳤을까? 김을 매다 달려오신 어머니는 맨발이셨고 몸빼 바지는 앞뒤 분간이 안 될 만큼 말려있었다. 온몸은 내 이마에서 흘러내린 피로 흥건했고 어머니의 목소리는 마른 논바닥처럼 쉬어 있었다.

의사가 몇 바늘을 기운 뒤 흰 가루약을 듬뿍 발라 주면서 당부하던 말씀이 아직도 기억에 쟁쟁하다. "약 대신 된장을 발라주면 큰일 납니다. 상처가 심해지고 곪아요." 아이들이 다치면 된장을 바르거나 끓인 간장으로 소독하던 집이 있었고, 그렇게 치료한 흔적은 오래오래 남아서 흉터가 되기도 했었다.

내 어머니는 몸빼 바지 하나로 일 년 내내 입으셨어도 자식들의 입성은 허투루 하지 않으셨다. 물이 빠지면 갯벌에 나가셔서 바지락을 캐고 청각을 뜯고 해삼을 잡아 배둔장에 내다 파셨다. 그 돈으로 가방과 운동화와 도시락을 사 오셨다. 돈을 저축하여 논밭을 사는 것보다 자식들에게 책과 공책을 사 주고, 하모니카와 피리를 구해 주고, 라디오와 플

래시를 사 주셨다.

내가 중학생이 되었을 때는 녹음기와 배구공까지 사 주셨다. 어머니 덕분에 나는 시골에 살면서도 도회 어린이들 못지않게 신식 문물을 접하고 가질 수 있었다. 내 친구들은 시골에서 구하지 못하는 문물을 한 번이라도 듣거나 만져보려고 내 곁에 모였다. 누군가는 딱지나 구슬을, 누군가는 고구마나 사탕을, 수 놓인 손수건과 구하기 힘든 악보를(교회 목사님께 부탁했다고) 내게 주었다. 우리는 어렸지만 '기브 앤 테이크'의 의미를 알고 있었던 것이다.

어머니의 모정을 통해 나는 자존감을 배웠다. 친구들이 쉬이 갖지 못한 것을 먼저 챙겨 주신 어머니의 열렬한 교육열은 나를 당당하고 떳떳한 소년으로 성장하는데 밑거름이 되었다. 자부심과 자기애를 상승시켰다.

나는 살아오면서 남을 부러워해 본 적이 없다. 남과 비교하여 내가 못났다고 생각하지도 않았다. 나는 나대로의 모습으로 살면 되는 것이다. 내가 기죽지 않고 언제나 어깨 펴고 살게 된 것은 모두 어머니 사랑이 거름으로 내게 뿌려졌기 때문이다.

연세가 많으셔서 요양원에 계신 내 어머니, 이젠 내 얼굴도 이름도 기억하지 못하신다. 그렇지만 나는 안다. 어머니의 가슴 속에, 어머니의 추억 속에 나는 영원히 멋진 아들, 자랑스러운 아들로 남아있을 것이다.

　나는 어머니가 그리워 영동시장으로 걸어간다. 거기에는 또 다른 모습의 어머니 여러분이 나를 기다리고 계시니까. 나를 반겨주실 테니까. 어머니 생각이 나면 나는 우리 구역, 우리 관내 노인정으로 간다.

밤길

달밤

초승달 야윈 밤길 집으로 돌아오다
오동나무 가지마다 걸린 별을 보았소
언젠가 우리 둘이서 함께 보던 그 하늘

상현달 동그스름 웃음 짓던 여드렛날
소나무 가지마다 그리움을 걸었소
그대여 잊지 마시라 기다리는 이 마음

보름달 떠오르는 약속의 그날에는
천 리 먼 곳이라도 바람같이 가겠소
약속의 말씀을 좇아 하염없이 가는 길

동네 어귀, 서 씨 할아버지 막내아들인 갑구 아재는 노래를 기똥차게 불렀다. 아재는 자그마한 키에 금방 튀어나올 듯한 눈망울을 가진 상냥하고 예의 바른 청년이었다.

평소에는 조용하고 말이 없었지만 노래 앞에서는 용감해지고 엄청나게 커지는 분이셨다.

아재의 노래를 듣겠다고 이웃 마을 처자들도 고개를 넘어 우리 동네로 밤마실을 오기도 하고 누구와는 보리밭이나 언덕 밑에서 만났다는 소문도 돌았다. 특별한 얘깃거리가 없던 담장 낮은 시골에서 아재는 소문과 노래를 몰고 다니던 아이돌이었다.

서 씨 할아버지는 우리 집(정치망)과는 다른 통발 어장을 하셨다. 위로 세 아들은 도시로 나갔고, 막내만 부모님 곁에서 어장을 도우며 살고 있었다. 아버지를 도와 목선에 통발을 싣고, 밤이면 그물을 설치하고 새벽녘엔 통발을 걷어 잡힌 장어를 어판장에 내다 팔러 간다는 핑계로 첫 도선을 탔다. 막 배에도 아재가 내리지 않으면 서 씨 할아버지는 노발대발하셨다.

"허파에 바람이 들었는기라. 내 이놈을 가만두면 안 되지. 어장질 하여 겨우 먹고 사는 우리 형편에 뭔 니나노를 한다고? 매타작을 해야 정신을 차릴 끼던가?"

할아버지가 지겟작대기를 들고 쫓아와도, 할머니가 부지깽이를 들고 따라 나와 남사스럽다고 말려도 소용이 없었다.

아마도 아재는 생선값 받은 돈으로 레코드판을 낸다, 가수를 하려면 도시로 가야 한다, 등의 말에 휘둘리는 모양이었다. 아재는 면내 콩쿠르에서 매번 최우수상을 받았으므로 사람들은 노래 실력을 인정했지만 저마다의 의견은 분분했다. 누군가는 성공하려면 고생길이 열려도 일단은 "서울로 가야 한다"고 아는 체를 했고, 누군가는 "눈 뜨고도 코를 베어 간다는 곳에 어찌 가겠냐" 걱정을 하면서도 아재의 노래 솜씨가 아깝다고 혀를 끌끌 찼다. 동네 사람들이 저마다 한마디씩 보태며 입방정을 떨어도 아재는 신발코를 흙무더기에 콩콩 찧으며 암말 없었다.

그러나 보름달이 동산을 두어 번 넘어가거나 다른 동네 사람들의 입길이 보태어질 때마다 아재의 목에는 빨간 스카프가 걸리거나, 왼 가슴팍에는 별 모양의 브로치가 달리거나 휘파람을 휙휙 불며 선창을 걸어가는 그림자가 길었다.

결국, 아재는 보따리를 쌌다. 송아지 판 돈을 장롱 깊이 넣어뒀는데 없어졌다더라, 형수가 품앗이로 넣어 품은 금반지가 사라졌다더라, 이웃 동네 숙자랑 벌써부터 눈이 맞았다더라, 멸치어장에서 받은 노임으로 계를 부었다더라, 할매 할배가 막내한테 한밑천 챙겨줬다더라, 숱한 소문이 아재의 발자국을 따라다녔지만 확인된 것은 아무것도 없었다.

그 사람

그 사람

울기는 쉽지 눈물을 흘리기야 쉽지
바람결에 스치는 시간처럼 순식간에 흘러내리지
말없이 뒤돌아선 그림자로 남은 그 사람

울기는 쉽지 혼자서 삼키기야 쉽지
바람결에 날리는 추억처럼 순식간에 삼켜버리지
말없이 뒤돌아선 흔적으로 남은 그 사람

이제는 잊을래 힘들어도 잊어버릴래
바람결에 묻히는 사랑처럼 흔적 없이 지워버리지
말없이 뒤돌아선 내 가슴에 남은 그 사람

내가 중학생이었을 때 미술 선생님을 짝사랑했다. 선생님은 키가 작고 아담한 체격이셨는데 옆에 가면 화장품 냄새보다 유화물감 냄새가 났다. 교무실 옆 미술실에서 주로 그림을 그리셨는데 화폭에는 민들레, 창포, 맨드라미, 함박꽃들이 함초롬히 피어있었다. 수선화, 붓꽃, 비비추, 옥잠화 등 낯선 꽃 이름도 선생님이 가르쳐주셨다.

나는 노래 부르는 것을 좋아해서 음악 선생님과 친할 것 같았지만, 우수에 찬 눈빛의 미술 선생님이 더 좋았다. 시골의 미술 선생님은 전공과목만 아니라 수업 시수가 작은 과목도 맡아서 가르치시곤 했는데 윤리도 담당하셨다. 가끔은 창밖을 보시며 "내가 윤리 선생 같니? 미술 선생 같니?" 물으실 때 쓸쓸한 우수가 산 그림자처럼 내리기도 했다. 수업이 없는 날 선생님은 온종일 미술실에서 그림을 그리셨다.

어느 날, 뭐 하시나 싶어서 까치발로 미술실에 갔더니 선생님이 울고 계셨다. 너무나 조용히 앉아 계셔서 그림을 그리시나 했는데 선생님의 어깨가 출렁이고 있었다. 뒷모습만으로도 눈물 그렁그렁한 얼굴이 보이는 것 같았다. 나는 어떤 위로의 말도 갖지 못했고, 제자한테 우는 모습을 들킨 선생님이 민망하실까 봐 되돌아왔다.

며칠 뒤, 학교에 무성한 소문이 돌았다. 이루어질 수 없는 사랑을 하신 미술 선생님은 나쁜 사람으로 낙인찍혔고 학교를 그만두셨다. 나는 그 뒤로 미술실에 가지 못했다. 새로운 미술 선생님이 오셨지만 까닭 없이 새 선생님이 미웠다. 선생님의 야윈 어깨와 그렁그렁한 눈물 자국만 오래오래 내 가슴에 남았다.

그 사람

이재홍 작곡
성중기 작시

울 기 는 쉽 지 눈 물 을 흘 리 기 야 쉽__ 지 바 람 결

에 스 치 는 시 간 처 럼 흘 러 내 리 지 말 없 이

그 사람

뒤 돌 아 선 그 림 자 로   남 은   그   사   람

울 기 는 쉽 지

혼 자 서 삼 키 기 가 쉽__ 지 바 람 결 에   날 리 는

그 사람

추 억 처 럼 삼 커 버 리 지   말 없 이

뒤 돌 아 선 혼 적 으 로 남 은 그 사

람   이 제 는 잊 을 래

4

그 사람

힘들어도 잊어버릴래　바람결에

묻히는사랑처럼 흔적없이지워버리지　말없이

뒤돌아선　내 가슴에 남은 그 사람

작사 노트　191

숲길

숲길

유월이 되면 우리 숲으로 가자.
손잡고 너와 나 숲이 되어 함께 걷자.
오솔길, 둑길, 산길 걸으며 한 마리 나비가 되고
단비, 꿀비, 보슬비 다녀간 자리 한 송이 꽃 되어
유월의 연둣빛 챙 모자를 서로에게 씌워주자.
도라지 향내 짙은 숲으로 가자.
손잡고 너와 나 숲이 되어 함께 걷자.
비비추, 원추리, 산수국 핀 자리 한 마리 나비가 되고
여우비, 소나기, 이슬비 다녀간 자리 한 송이 꽃 되어
유월의 덧창을 활짝 열어 서로에게 바람 되자.

(후렴)　하염없이 걷고 싶다. 그대에게 가는 길.

　　　　하염없이 기다린다. 그대 내게 오는 길.

　소담 수목원 가는 길, 나무 냄새가 가득하다. 바다와 잇닿은 국도를 따라가다 보면 빨간 간판과 빨간 우체통이 나오고 꺾어 들어 100미터쯤 올라가면 수목원이다.

　이 수목원 주인은 내 큰형이다. 청운의 꿈을 안고 미국으로 유학을 떠났다가, 국내 굴지의 항공사에서 정년을 마친 뒤 고향에 내려와 수목원을 운영 중이다.

　형은 비행하면서 전 세계를 여행하셨다. 어느 날 읽은 책에서 '종자가 세상을 바꾸다'란 문장을 만났고, 이 말에 꽂혀서 비행하는 도중 세계 곳곳의 종자 상을 돌아다니셨다. 독일가문비나무, 주목, 대왕참나무, 매자나무, 회화나무, 느티나무, 때죽나무 등의 종자를 구해 국립임업시험장에 발아를 부탁했다. 이런 나무 중에는 우리나라에서 자생하는 나무들도 있었지만 같은 이름을 가졌어도 외국에서 들여온 나무들이 많았다. 종자들은 개인이 발아시키는 데는 한계가 있었고 정밀 기술과 관찰이 필요하기도 했다. 형은 임업시험장에 연락하여 발아하면 국가에 귀속할 테니 종자를 잘 챙겨달라고 특별히 부탁했다. 지금 광릉임업시험장 종자실에는 '성만기' 이름으로 기증된 서약서가 남아있다.

　발아한 어린 묘목을 심을 곳이 필요했기에 휴가 때면 고향에 내려와 주위의 땅을 샀고 일부 간벌과 임도를 만들었다. 형이 다닌 여행지 중에서 독일의 '하이델베르그 철학자의 거리'가 인상 깊었고 고향에 그런 수목원과 숲길을 만들고 싶었다는 게다. 우리 고향은 입지조건이 최고다. 도시와도 가깝고 교통이 좋은 것은 물론 더 중요한 특별함이 있다. 고요와 평온과 활기찬 기운과 바다가 보이는 곳, 늘 간간 짭조름한 해풍이 나무들을 어루만져 준다는 것이다. 임도를 내면서 어려움을 겪었는데 고향에 돌아와 수목원 조성을 시작할 때 개인이 산길을 낸다는 사실을 쉬이 인정해 주지 않는 분들이 계셔서 설득에 시간이 걸렸단다. 로키산맥과 스위스의 아름다운 산길을 보며 내 고향에도 저렇게 아름다운 길을 만들어야겠다는 의욕이 현실을 만날 때 길 위에 한숨과 원망이 쌓여갔지만, 길이란 원래 뻗어 나가기 마련이던 것을.

수목원의 나무 한 그루 한 그루마다 사연이 있고 역사가 있다. 정성껏 심고 가꾼 애착 때문에 베어내지도 옮기지도 못한다. 40년 전에는 작은 묘목이었던 나무들이 이젠 수십 미터의 청년 나무로 자랐다. 그 나무 아래 수많은 꽃이 피었다 진다. 봄의 정원에 은방울꽃이 춘정을 피우고 붓꽃이 낱낱의 사연을 기록하는 동안, 여름이 당도하면 원추리와 까치수염이, 뒤이어 수국과 산비장이 산길을 밝혔다.

형은 이제 수목원의 지휘자처럼 낱낱의 꽃들에 존재감을 준다. 키 큰 나무들이 제 몫의 잎으로 그늘과 바람을 주는 동안, 열매들은 부지런히 익어간다. 잣나무 솔방울이 떨어지고 참나무에서 굴밤이 구르면 다람쥐와 청설모가 반갑게 나온다. 단풍이 일곱의 색으로 물드는 것을 지켜보는 창가에 차향은 감미하다. 가을의 수목원에는 늦은 수국이 피고, 보랏빛 꽃향유가 어여쁘다. 가시나무 잎들과 옻나무의 단풍 물은 최상급으로 붉다.

형도 이제 75세, 노동력이 현저히 떨어진다고 걱정이시다. 이제는 나무들과 꽃들을 가꿀 기력도 달리신다니 저 나무들과 꽃들은 스스로 가지와 잎을 정리해 나가리라. 지난날 살아왔던 흔적을 더듬으며 자신을 지켜가는 의리를 보여주리라.

형은 지금까지 살아오면서 키우는 데 열중했다. 항공사에서는 조직을 키웠고 고향에서는 수많은 나무를 키웠다. 형은 자신이 살아온 삶에 당당했고 흔들리지 않았고 후회하지 않으셨다. 지금도 여전히 꿋꿋할 수 있었던 것은 가슴 속에 '숲'이라는 우주를 지녔기 때문이다. 자신의 우주를 지키는 사람은 강하고 외롭지만 고독한 사람이 세상과 사회를 변화시킨다고 믿는다. 숱한 고민과 사색을 통해 자신에게 주어진 책무의 외길을 묵묵히 걸어가면 새로운 길이 닦이기 때문이다. 지금 우리가 걸어가는 모든 길도 고독한 누군가가 앞서서 닦은, 고독한 그의 첫길이었으리.

사람은 떠나도 나무들은 오래오래 자리를 지키고 있다. 당항포를 내려다보며, 동진교 다리를 지켜보며 나무들은 자신들의 삶을 영위해 나가리라.

한 사람이 지켜온 우주를 또 다른 누군가가 알아줄 것이고, 그 모습을 나무들은 말없이 지켜본다. 사람이 떠난 자리에도 나무는 남아서 자신이 지켜야 하는 우주를 떠받들고 있는 것이다.

형의 수목원은 나에게 고향 그 자체이다. 푸름이며 넉넉함이며 안온함이다. 싱그럽고 고요하지만 생명 음이 활기차게 넘쳐나는 초록 세상이다.

나눔이 좋아

나눔

어쩌다 누군가에게 맛난 시 한 편 전해주고 싶다.
더러는 누군가에게 정겨운 편지 한 통 보내고 싶다.
가끔은 누군가에게 침향 한 조각 전해주고 싶다.
내 마음 밀봉하여 고운 내음 예쁘게 싸주고 싶다.

언제나 나눔은 좋은 걸 언제나 나눔은 기쁜걸.
내 집에 있는 풀꽃이랑 꽃내음을 나누고
내 손에 잡힌 햇살이랑 바람결을 나누고
내 속에 있는 따스함과 감사를 전하고 싶다.

세상이 삭막하고 각박해졌다고 한다. 개인주의와 이기주의로 변했다고들 한다. 그래서인지 요즘은 주는 것도 받는 것도 불편하다.

받으면 그에 상응하는 보답을 해야 할 것 같고, 주었으니 뭔가 답장을 기다리는 눈치다. 조금 과하다 싶으면 왜 이런 걸 보냈을까? 의중을 헤아리고 진의를 파악하느라 바쁘고, 부족하다 싶으면 성의가 빈약하다고 나무란다.

그래도 주고 싶은 맘은 누구에게나 있다. 마음 따뜻한 사람에게 무엇인가를 나눔하고 싶은 마음 말이다. 내가 읽던 밑줄 그어진 책을, 같은 느낌으로 읽기를 바라며 전해주게 된다. 추위에 떨고 있는 친구에게 내 목도리를 벗어 걸어주게 된다.

우리는 저마다 삶의 길 위에서 많은 사람을 만난다. 나를 좋아하는 사람도 만나지만 나에게 시비 걸고 비난하는 사람도 만나기 마련이다. 나 또한 모든 사람을 같은 마음으로 좋아하는 건 아니니까. 그건 인지상정이니까.

그러나 나는 이렇게 살고 싶다. 길에 쓰러진 사람 손 잡아 일으켜 주고, 배고픈 사람과 뜨끈한 순대국밥 한 그릇 나누며, 노래 한 곡 다정히 불러주며 함께 살고 싶다. 서로 따뜻한 말과 격려와 응원을 보내며 살고 싶다.

그대, 오늘 하루도 잘 지내셨는지 안부를 물어본다. 내일도 안녕하시라고 빌어드린다.

당항포 그물처럼, 아버지의 말씀은

아버지의 그물

넓은 곳에 그물을 쳐야 큰 고기가 잡히니라
깊은 곳에 그물을 쳐야 큰 고기가 잡히니라
좁쌀 같은 마음으로 살면 송사리가 잡히니라
티끌 같은 행동으로 살면 피라미가 잡히니라

너는 너는 푸른 마음 성긴 그물 치는 사람
나는 나는 깊은 마음 아들 잘되길 바라니라
떼를 짓는 무리 되면 네 눈은 어두워지니
거친 물결 드센 파도 헤쳐가며 살길 바라니라

내 고향은 당항포에 잇닿은 어촌이다. 당항포는 강물 같은 줄기를 휘

감아 돌며 해안선 포구마다 마을을 부려놓았다. 너른 도안 물결이 속싯개를 감아 도는 첫 동네가 내가 태어난 좌부천이다. 당항포 물길이 마산과 고성의 경계선이 되었고 소포는 창원시로, 맞은 편 우리 동네는 고성군 동해면인 것이다. 해안선을 따라 도는 산언저리에는 전답이 다닥다닥 붙어 있다. 또한, 포구마다 선착장이 있고 선박이 드나들도록 몇 가지 편의시설이 있다.

주민의 대부분은 어업과 농업을 겸업하고 있다. 어장에 집중하는 집이라 해도 몇 마지기의 논과 몇 뙈기의 밭은 보통예금 통장처럼 가지게 마련이었다. 겸업농가들 대부분이 농사일은 물론 소와 돼지, 염소, 닭, 토끼까지 키우는 집들이 대부분이었고 우리 집도 마찬가지였다. 그래서 늘 바빴고 부모님은 노동의 등짐으로 등이 휘셨다.

우리 집 일이 많은 것은 정치망 어장과 고깃배를 가지고 있어서이다. 정치망은 깊은 바다에 그물을 던져놓고 고기 떼를 기다렸다가 적당한 시간이 지나 그물을 끌어 올려 고기를 건져내는 방식이다. 여러 어종의 물고기들이 떼 지어 몰려다닐 때는 그물이 터질 만큼 많이 잡히기도 했다.

떼를 이루는 어종들은 전어, 숭어, 농어, 청어, 꽁치, 멸치, 공멸치를 들 수 있었고, 자유롭게 헤엄치는 어종은 장어, 도다리, 노래미, 복어, 도미, 대구 등이다. 물론 대부분의 어종은 특정 지역의 수심과 플랑크

톤과 헤엄치기 좋은 해저지형에 따라 몰려다니는 경향이 있었다. 각기 다른 어종의 습성과 생태를 잘 아는 유능한 선장이 이끄는 배는 어획량이 많았다. 물고기가 다니는 길과 여(礖 : 물속에 잠겨 있는 바위)의 위치와 모양까지 훤히 꿰뚫는 어부는 풍어를 자주 만나게 되는 것이었다.

정치망 어장의 일손을 도우며 느낀 것은 사람들의 삶도 그물 같다는 생각이었다. 개울이나 물고랑에서 미꾸라지, 붕어, 송사리를 잡는 반도 그물과 같은 사람이 있고, 얕은 강이나 바다에 뜸줄과 발줄을 메어 길 그물로 고기를 유인해서 통그물로 건져 올리는 각망 그물 같은 사람도 있는 것이다. 또 미끼를 그물망에 넣어 놓아 그물에 들어가기는 쉬워도 나오는 길을 미로로 만들어 고기를 잡는 통발 그물이 있고 고기 몸통보다 작은 그물을 쳐서 고기가 그물에 걸리게 하는 걸그물 자망도 있다.

나는 어떤 그물처럼 세상을 살아갈까? 그리고 내 그물에는 어떤 고기가 잡히도록 할까? 그런 생각이 떠오른 날이면 "깊은 곳에 가서 그물을 치라" 하신 성경의 말씀이 떠오른다. 확실히 깊은 곳에 그물을 치는 정치망은 큰 대구 떼가 들어오기도 하고 감성돔, 고등어, 숭어 떼가 잡히기도 했다. 그러나 먼 바다로 나가야 해서 거친 파도를 만나게 되고 거센 물살과 싸워야 하므로 위험이 따른다.

아버지가 우리 형제들을 먼 객지로 보낸 것도 깊은 곳에 가서 그물을 치라는 뜻이었을 게다. 큰 고기를 잡기 위해서는 그물코도 성글게 만들고 끌어 올리는 밧줄도 튼튼해야 한다는 가르침이었을 게다. 바닷속의 여를 살피듯 세상의 덫을 피할 줄 알아야 하고, 떼를 지은 무리 속에서도 자신의 존재 가치를 잃지 말라는 뜻이다.

눈이 밝아 어종의 특성을 훤히 꿰어, 풍어의 기쁨을 알고 만선의 꿈을 꾸라는 뜻이었던 게다. 그런 아버지의 바람대로 나는 서울에서 사람들의 마음을 얻는 일을 하며 살고 있다.

당항포 해전

당항포 해전

당항포 푸른 물결 너울너울 춤추네
백성들 맘은 창이 되고 손길은 방패 되어
왜적을 격침시키고 고향 땅을 지켜내었네

노략질하던 왜구 두 번씩 물리쳤네
이순신 이억기 원균 장군들 모두 모여
학익진 좌우 날개 펴 당항포 대첩 승리

임진왜란 때 당항포에서는 두 번의 해전이 펼쳐졌다. 첫 번째는
1592년 음력 6월 5일이었고, 2년 뒤 음력 3월 4일에 또 한 번의 전투
에서 이순신 장군은 완승을 거둔다.

당항포 해전은 임진왜란의 다른 전투와 다른 점이 있다. 다른 전투에서는 왜선의 퇴로를 열어 주어 육지로 상륙한 왜군이 힘없는 백성들을 도륙하는 일이 없도록 했는데 당항포 해전만큼은 단 한 척의 왜선이 도주하는 것을 용납하지 않았다. 그 대신 충무공은 왜선을 당항포 밖의 너른 바다로 유인해 완파시켰고 육지로 도주한 왜군들이 남은 왜선을 타고 육지에서 나올 수 있도록 기다렸다. 왜선 한 척을 남겨 두었다가 다음날 새벽 육지로 달아났던 왜군들을 모두 싣고 도주할 때 마지막 한 척까지 수장시킨 완결 대첩이었다.

이순신 장군이 두 차례의 당항포 해전에서 승리할 수 있었던 것은 당항포 만과 그 주변의 지형지물을 자세히 알았고 최대한 전투에 활용했기 때문이다. 전투의 승리에서 지형지물의 활용은 무엇보다 중요하다. 넓은 바다에서 갑자기 좁아지는 곳과 곳 사이의 해류와 수심을 두루두루 살펴보고 최선의 전략을 짜게 된 것이다.

또한, 당항포 해전은 임진왜란의 다른 대첩에 비해 민군합동 작전으로 펼쳐진 전투이다. 당항의 물때와 물살 그리고 왜선과 왜병들의 일거수일투족을 철저히 파악해 조선 수군에게 그 정보를 전달한 이는 백성들이었고, 조선 수군은 그 정보를 최대한 활용했으며 육지로 도주하는 왜군들의 퇴로를 차단하거나 육·해군 공동작전을 연상케 하는 백성들의 협력이 두드러진 해전이었다.

당항포 해전의 또 다른 특징은 조선 수군의 연합작전이었다. 전라좌수사 이순신 장군, 전라우수사 이억기 장군 그리고 그 당시 충무공과 사이가 좋지 않았던 경상우수사 원균의 군대가 하나로 똘똘 뭉쳐 치른 전투로 아군의 피해는 거의 없고 왜군과 왜선은 괴멸시킨 전투였다.

1592년 1차 당항포 해전에서 왜선 26척, 2년 뒤 2차 당항포 해전에서 왜선 31척이 전파되었고 도주한 왜선 한 척도 없었던 당항포 대첩은 향후 임진왜란 해전의 표본이 되었으며, 한산도 대첩의 학익진을 사전 예행 연습한 전투이고 사천해전에 처음 출전했던 거북선을 맨 앞에 내세워 용맹, 신출귀몰하게 활약해 해전의 기선을 제압한 전투였다.

민과 군, 그리고 군대도 상호 협력하고 일심동체로 단결하면 그 시너지 효과가 상상을 초월한다는 교훈을 내 고향 당항포 대첩에서 보여주었다는 것은 나와 모든 고성인들의 자긍심이고 자랑이다.

고성의 잔 다르크 월이를 아시나요

월이야

월이야, 월이야~ 네 이름을 불러본다.
논개는 알면서도 네 이름을 몰랐구나.
고성 땅에 나고 자라 풀꽃처럼 폈던 모습
임진왜란 험한 날들 敵의 첩자 알아낸 안목

월이야, 월이야~ 뭍과 바다를 이었구나.
네 붓길 해낸 일 장하고도 장하구나.
당항포 승전보 깃발 날리던 환호성
네 이름은 하늘에 올라 달이 되어 떴구나.

월이야, 월이야~ 네 이름 불러본다.

역사가 모두 잊고 모른다 말하면
핏빛 해당화 한 다발 네 무덤에 놓으련다.
오늘 밤 달이 되어 고성 땅을 밝히는구나.

역사의 질곡마다 승리와 눈물의 수레바퀴를 되돌리는 무궁화가 있다.

일제강점기 때 독립 만세의 깃발을 높이 든 유관순 열사와 최초의 여성 의병장 윤희란, 임진왜란 당시 진주성의 논개와 충무공의 호위무신 여진이 그렇다.

그런 무궁화 중에 널리 알려지지 않은 겨레의 잔 다르크가 여럿인데 그중 한 분이 고성 기생 월이이다.

월이는 고성 '무기정'의 기생이었다. 미모는 물론 문예와 기악도 뛰어났으며 자존감도 높았고 기품이 있었다고 한다.

임진왜란을 앞두고 왜국은 조선 팔도의 지형을 몰래 조사하고 지도를 만들었는데, 이때 동원된 자들은 머리를 깎은 스님 복장으로 위장해 다니며 해안선을 따라 산봉우리에 올라가 그림을 그리는 체하며 우리나라를 침략할 비밀 지도를 작성하는 중이었다.

고성 당항포에 잠입해 해안선 지도를 몰래 그리던 스님 복장 왜구 화상이 월이의 혜안에 수배되었다. 월이는 그자가 스님이 아닌 첩자이며 그리는 그림이 산수화가 아닌 해안선과 지형지물을 그리는 군사용 지도라는 사실을 간파한 것이다.

저들의 침략 야욕을 알기에 의녀 월이는 왜구들이 침략해 왔을 때의 상황을 예측하고 붓을 들었다. 첩자가 잠이 들었을 때 가슴팍에 품은 비단보자기에서 지도를 꺼내 물길을 틔우기로 했다.

그녀가 지도를 보고 그린 곳은 지금의 고성천 하류인 소소포와 지금의 고성읍 수남리인 죽도포간의 2㎞를 마치 바다가 서로 연결되어 있는 것처럼 그렸다고 한다. 아무것도 모르고 잠에서 깨어난 첩자는 월이에게 인사도 없이 떠났단다. 월이가 바꿔 둔 지도는 임진왜란 때 당항포 해전에서 크게 진 왜군이 퇴로를 찾다가 막혀 조선 수군에게 전멸당했다고 한다.

그때 생긴 지명으로 당항포 일대를 '속싯개'(왜군을 속였다)라 부르고, 배 둔 남쪽 해안을 '잡안개'(왜군을 잡았다), 당항리 동쪽의 '핏골'(왜군 피가 골짜기를 물들였다), '도망개'(왜군이 도망간 길목), 마암면 두호리의 '머릿개', 삼락리 곤기마을의 '무덤개'를 지금도 쓰고 있다.

월이는 임진왜란 때 충무공 이순신 장군이 당항포 해전에서 완승을 거두는데 결정적인 역할을 했고 결국 고성과 사천, 진주를 지키도록 한 고성의 잔 다르크 의병이다. 그 시절 여성의 사회 진출은 극히 어려웠다. 양반가의 아녀자가 아니면 문예와 기악을 익히기에 쉽지 않았던 시절 기녀가 되어 세상과 소통하던 월이의 형편이 눈에 보이는 듯하다.

자신의 처지를 한탄하면서 슬퍼하는 대신 풍전등화 같은 나라의 운명을 알고는 자신이 할 수 있는 최고의 능력을 발휘한 것이다. 월이가 붓으로 그려 바꾼 지도는 아무나 할 수 있는 일이 아니다. 비천한 신분의 기생이었기에 사회적 통념상 무시 받고 괄시받으며 살았을 것이다. 사명감으로 적진에 침투한 첩자를 상대로 자신의 목숨을 걸고 붓을 들었던 월이의 용감함은 칭송받아 마땅하다.

요즘 고성의 잔 다르크 월이에 대한 연구와 고증 활동이 활발하다고 한다. 잊혀진 역사를 되찾아 보존 계승하는 일이 현시대를 살아가는 우리가 해야 할 도리이고 역할이기에 나도 이 일에 참여하고자 한다. 고향 땅의 의인 월이에 대한 노래를 만들고 불러, 널리 알리는 것이 내가 마땅히 해야 할 도리이리라.

에필로그

　나는, 늘 파도소리를 듣고 있다.

　귓전에 울리는 해조음은 강남의 어느 거리를 걸을때도 나를 따라온다.

　사람들의 발자국, 자동차의 경적음, 자전거의 따르릉거림 속에서도 푸르게 날선 바다의 등뼈를 만나고 있다.

　고향에서 지낸 유년 시절의 추억은 내 자산이며 보고(寶庫)다.

　십리 길을 걸으며 튼튼함과 강인함을 얻었고, 농사일을 거들며 자연 섭리(攝理)의 역사를 익혔다. 형제들 친구들과 어울리며 리더쉽과 배려를 배웠고 홀로 걷던 산길에서 삶의 고독을 배웠다.

　어린 시절 익힌 풍경과 현상은 선명하게 각인되어 평생을 조율하는 음률이 되었다.

　그리하여 정치하는 서울시민이 되었고 노래 부르는 것을 멈추지 않게 되었다.

노래는 많은 사람들을 화합하게 만들고 교감하게 해 준다. 나는 노래하는 정치인으로 노래를 들려주듯 시민들과 소통하고 싶다. 정치도 노래하듯이 하고 싶다는 꿈을 꾼다.

꿈 꾸는 사람은 행복하다.
노래하는 사람은 행복하다.
꿈 꾸고 노래하는 행복함을 품고 시민들 곁으로 다가서려 한다.

내 삶이 지금 여기에 서 있도록 도움 주신 모든 분들께 감사 드린다.

2021년 3월
성중기 배웁